余白の迷路

The Maze of Margin

Jiro Akagawa

赤川次郎

角川書店

余白の迷路

目次

装画　萩結
装丁　坂詰佳苗

プロローグ

正直なところ、

「もうやめたい」

と思っていた。

ことに、もうすぐ十二月になろうという時期、早朝の空気は冷え冷えとして、吸い込む度に肺が痛くなる。

真冬になれば空気が乾燥してくるのだろうが、今は秋の名残りで湿気も多く、膝《ひざ》がときどき刺すように痛む。

それでも、久保《くぼ》が早朝のジョギングをやめないのは二十歳年下の妻から、「もう年齢《とし》ね」と言われたくないからである。

今、六十五歳。定年になって五年、何とか週三日の仕事には通っている。

「まだ頑張ってよね」

と、妻が言うのももっともで、子供がまだ高校生。

まだ頑張れるぞ、というところを見せようと、この早朝ジョギングを始めて三年たつ。

初めの内は、体調も良くなり、自分でも楽しんでいたのだが、ここ半年ほど、かなり辛《つら》くなりつつある。

それでも、「もう疲れたからやめる」と言えば妻に何と言われるか……。

走っているのか歩いているのか分らないくらいの足取りだが、やっと今朝も、ジョギングのコースの半分ほどまで来た。

「少し歩くか……」

息が切れ、膝や足首が痛んでくる。といって、あまりのんびりしていると、走っていないことがばれてしまう。

「ああ……」

またか、と久保はその女性に目をとめて思った。

郊外の団地へと続く並木道に置かれた、木の古びたベンチ。

そこに黒っぽいコートに身を包んだ女性が背中を丸めて座っていた。毛糸の帽子をかぶって、傍に大きなビニール袋を置いている。

ホームレスなのだろうが、このベンチに座って眠っているらしく、これまでにも三、四回見かけていた。

女だということは、見た感じでも分るが、一度だけ、ジョギングする久保の方へ、チラッと顔を上げて見せたことがあったのだ。

もちろん、目が合ったわけでもなく、口もきかなかったが……。

今朝は顔を伏せて、眠っている様子だ。

これから、早朝はどんどん寒くなってくる。こんな所で、よく眠れるものだ。

トレーナー姿の久保は首に巻いたタオルで額の汗を拭《ぬぐ》った。

すると——ちょうどそのベンチの前を通り過ぎようとしたとき、女の傍のビニール袋がガサッと音をたてて、地面に落っこちたのである。

中から何かガラクタとしか見えない物が顔を出す。しかし、女は目を覚ます気配もなかった。

少し迷ったが、久保は足を止めると、

「落ちましたよ」

と、声をかけた。「荷物が……。ね、あなた、袋の中身が……」

女は身動きしない。仕方なく、久保はその女の方へ歩み寄ると、

「もしもし」

と、軽く肩を叩《たた》いた。「荷物が……」

女は顔も上げずに、そのままゆっくりと横に倒れた。

え？　——どうしたんだ？

思わず覗《のぞ》き込んで、久保は息を呑《の》んだ。

黒っぽい、汚れたコートの前が開いて、下のシャツが見えた。そこに——赤くしみ出しているのは、血に違いなかった。

「何だ……。おい、どうした？」

わけも分らず、そう呟《つぶや》くと、久保は後ずさりした。

そして、団地に向って駆け出していた。

ジョギングのレベルを超える速さで、我が家へと急いだ。
空気の冷たさも、もう気にならなかった……。

1　通い路

「お義父《とう》さん」

朝食をすませた茜《あかね》の声が、玄関の方から聞こえて来た。

「ああ」

と、三木《みき》は答えて、「大丈夫、ゴミは出しとくよ」

「お願いします」

玄関の鍵《かぎ》を開けて、茜が出て行く。いつものバスに乗るには、急がなくてはいけないのだろう。

鍵をかける音がしなかった。その手間も惜しんで駆けていくので、そのときは三木が鍵をかけると決っている。

三木はいつも七時前に目を覚ましている。

ベッドから出るのに少し時間がかかるが、それでも起き出して、欠伸《あくび》しながらコーヒーをいれ、トースト用の厚切りのパンをトースターに入れる。

茜の朝食である。

以前は茜が三木の朝食を用意していたのだが、仕事の忙しい茜は帰宅が深夜になることも珍

しくないので、

「どうせ早く目が覚めるんだ。僕が作るよ」

と、三木の方から言い出した。

作るといっても、コーヒーとトースト。それにヨーグルトぐらいの朝食を、茜はいつも十分足らずで食べて出て行くのだ。

――茜は、三木忠志《ただし》の息子、浩一《こういち》の妻である。

茜は今、四十歳。女性誌の編集長をつとめていて、ともかく忙しく駆け回っている。

三木忠志は今、七十歳。六十で定年になってから、二年ほど会社に残り、息子夫婦とこの公団住宅で同居することになった。

パジャマのままで、玄関へ行って鍵をかけると、自分の朝食である。

妻を五十代で亡くしていた三木は、以来やもめ暮しで、息子の浩一と、その下に娘、公枝《きみえ》がいる。公枝が結婚して家を出たのが、ここへ越してくるきっかけだった。

「さて……。俺も支度するか」

ついひとり言を言っている。

今、この公団のアパートでは、三木と茜の二人暮しだった。息子の浩一は、何と二年前に家出してしまった。

理由は分らないまま、今も行方が知れない。そして三木と茜はここで仕方なく二人で生活することになったのである。

「そうそう、ゴミ出しだ」

団地の中でも、区域ごとにゴミ収集の時間が決っているので、むろん遅れたら持って行ってくれないが、あまり早く出しても苦情を言われる。

いつも、朝九時少し前に、ゴミを片手に家を出る。

外廊下なので、玄関を出ると、空気がひんやりとした。――冬が近いんだな、と思った。

部屋は〈305〉。三階なので、茜はいつも階段を駆け下りる。エレベーターを待ってはいられないのだ。

しかし、もちろん三木はエレベーターで一階へ下りる。ゴミ置場に寄ってから、団地を出る道を辿《たど》って行った。

朝九時半から開いている図書館があって、三木はそこの常連なのだ。

九時になれば、もうほとんどの勤め人は出かけているので、歩道に人の姿はないのだが……。

今朝は違った。

何だろう？　大分手前から、道にパトカーが二台停っているのが見えた。人が七、八人集まっている。

こんな所で事件か？

近くなると、ただごとでなさそうだと分った。制服の警官だけでなく、手袋をした刑事らしい男性も見える。

足を止めてその様子を眺めている人たちの中に、顔見知りの主婦がいた。

「――奥さん」

と、声をかける。

「ああ、三木さん」

「何かあったんですか?」

「そこのベンチでね」

と、わざわざ声をひそめて、「ホームレスの女の人が死んでるの」

「こんな所で……。でも……」

「殺されたらしいのよ」

「殺された?」

三木はその主婦の肩越しにベンチの方を見やった。

ベンチの上に、横向きに寝ている恰好《かっこう》だった。黒っぽい、汚れたコート、毛糸の帽子。顔はよく見えなかったが、三木も別に見たくはなかったのだ。

「可哀そうにね」

と、その主婦が言った。「こんな所で……」

「そうですね」

毛糸の帽子からはみ出している髪は真白だった。

「誰か、この女性の身許《みもと》を知ってる方、いませんか」

と、刑事らしい男性が、周囲の人へ声をかけた。

みんな顔を見合わせているが、誰も口をきかなかった。

三木は図書館へ行こうと、その場を離れて、歩き出した。あまり野次馬でいるのは好きでない。

ホームレスの受難。

このところ、そんな話をよく聞く。公園で寝ているところを、理由もなく襲って殴り殺した、とか。一体、恨みも憎しみもなく人が殺せるものだろうか。

三木にはとても理解できない。もともと怖がりで痛がりの三木は、七十年の人生で一度も骨折などの大けがをしたことがない。

子供のころから、「危い」と言われる遊びには加わらなかったし、大人から、

「あそこに近寄っちゃいかんよ」

と言われると、多少好奇心を刺激されつつも、言われた通りにした。

もちろん、自分でどんなに用心していても、乗った車や電車が事故を起すことはあり得るわけだが、幸いそういう目にもあわなかった。

だから、子供のころは、たいていの子から、

「あいつはつまらない奴だ」

と見られていて、でも気にしなかった。

他の子の前で見栄《みえ》を張るためにけがでもしたら、こんな馬鹿げたことはない、と思っていたのだ。

だから、痛い思いをするのが怖い分、他の人間にも痛いことはしなかった。よく映画などで、弱虫と見られていた子供が、本気で相手と殴り合ったりして、それから仲良しになるというシーンがあるが、三木には、あんなことがあるとは信じられなかった。

軽く殴られて転んだって、打ちどころが悪かったら命を落とすこともある。あんなのはフィ

クション――それも、たぶん本当に殴り合いなんかしたことのない人間の考えたことだ。そう。――あんな白髪の年寄の女性を殺すなんて！　ろくに抵抗もできない相手に暴力を振う。

考えただけで、胸が悪くなる……。

「ああ……」

目指す図書館の建物が見えて来て、三木はホッとした。

九時半の開館にはまだ五分くらいあるが、彼女がいれば開けてくれるだろう。今日はたぶん出勤しているはずだ。

もし彼女が休みなら、仕方ない。外で五分くらい待っても、どうってことはない。しかし……。

〈本の国〉という、いかにもお役所風のネーミングの〈市民図書館〉は、木組みのオモチャをイメージした造りで、メルヘンチックと言えば聞こえはいいが、メンテナンスの費用をケチっているのか、ペンキがあちこちはげて、少々見すぼらしい感じだった。

平屋造りで、そう大きくはないが、いつも利用者で溢《あふ》れているというわけではないので、三木には不満がなかった。

正面のガラス扉の内側には、〈閉館〉という札がさがっている。

しかし、三木が近寄って中を覗《のぞ》くと、中で掃除機をかけていた彼女――ここの職員の柏木紀《かしわぎのり》子《こ》がすぐに気付いて、手を振った。掃除機を傍へ押しやると、せかせかと扉の方へやって来る。

そのときになって、三木は思い出した。

柏木紀子がゴシップ大好きな「噂話マニア」だということを。扉へと小走りにやって来る小刻みな足取り――小柄でやや太めな彼女は、いつも急いでいるかのようだ――を見て、三木は自分の予想が当っていることを確信した。

度の強いメガネの奥で、彼女の目はいつも以上に輝いていた。

「――いらっしゃい」

と、扉を開けて、柏木紀子は言った。「三木さん、おはよう」

「おはよう」

と、三木は微笑んで、「いつも悪いですね、早めに開けてもらって」

「いいえ！　お得意様の三木さんを外で待たせておくわけにはいかないわ」

「あ、例の――美術雑誌は入ったかな」

「あれね。今、上の方に掛け合ってるの。ほら、美術系の雑誌は高いでしょ、紙がいいから。それで上が渋ってるのよ。でも、大丈夫。あの人は私が言うことはたいてい聞いてくれる」

「すまないね、無理言って」

「いいえ！　高い雑誌だからこそ、図書館に置かなきゃね。三木さんの言い分はもっともよ」

三木はいつも座る席の椅子の背にジャンパーを脱いでかけると、

「今日は何を読むかな」

と、手をこすり合わせて言った。

しかし――恐れていた通り、柏木紀子は掃除機を片付けようともせず、三木の方へとやって来ると、

「ね、三木さん」

と、ワクワクした気分を隠そうともせず、「何かあったの？」

こう言えば充分でしょ、とでも言いたげな口調だった。

「何です？」

「パトカーよ！　さっき、パトカーが何台も、サイレン鳴らして団地の方へ走ってったわ。三木さん、ちょうどここへ来るときに見たでしょ？　団地で何かあったの？」

ここまで「食いついて」来たら、黙って引っ込むことはあるまい。三木は諦《あきら》めた。

気が進まないままに、

「団地じゃないんだよ。途中の道で……」

「途中で？　でもパトカーよ。何かあったんでしょ？」

柏木紀子は、茜と同じくらい、たぶん四十歳前後だと思えたが、芸能界のゴシップに詳しいことは、若い子たちもかなわないかもしれない。

「ベンチでね、道の脇の。女の人が死んでたんですよ」

「死んでた？　どんな人？」

「まあ……たぶん、あのベンチで寝ていたホームレスの女性でしょう」

「それは気の毒ね。でも、病気で亡くなったのなら、パトカーが何台も駆けつけないんじゃない？」

「そうですね。――どうも殺されたらしいということで」

「まあ！」

パトカーを見ていたわけだから、当然予期していたはずだが、柏木紀子は自分に念を押すかのように、あえてメガネの奥の目を大きく見開いた。

「殺人事件？　そんなことが、すぐ近くで起るなんてね！」

「全く、いやなことだ」

と、三木は言って、話を打ち切ろうとしたのだが、彼女の方はまだ三木を解放しようとはしなかった。

「いくつぐらいの人？　結構な年齢だった？　どんな顔立ち？」

「いや、よく見ませんでした。見えなかった。ベンチに横向きに倒れてたもんでね」

「横向きに？　ということは、こういう風に？」

紀子がいきなりそばの椅子を引き寄せて、自分が腰かけると、実際に倒れかけて見せたものだから、三木はちょっとびっくりした。

「ええ、まあ……。そんな感じですかね。よく見えなかったんですよ」

「見たことのある人だった？　それとも知らない人？」

「顔をちゃんと見てないので。でも、知ってる人とは思えませんね」

「そうよね！　それで……やっぱり〈ホームレス狩り〉みたいなことかしら？　でもあの道を通る人って、団地の人くらいじゃない？」

「そうですね。ともかく警察が調べてますから、いずれ……」

「殺されたって……。どんなやり方で？　殴ったとか刺したとか……」

「分りませんね。大方、夜のニュースでやるでしょう」

「そうね。――本当に怖いわね！　犯人が、もしこの辺の人だなんてことになったら……」

だからといって、どうなるものでもあるまい、と三木は思ったが、

「じゃ、ちょっと本を探します」

「そうよね。ごめんなさい、邪魔して」

「いえ、とんでもない」

やっと書棚の間に避難して、三木は息をついた。

しかし、何を読むか、いつになく迷って決められない。

自分で思っている以上に、やはりあのホームレスの女性の死が、気になっていたのかもしれない……。

2　仮の友

お昼近くになると、三木は一旦《いったん》本を閉じて休憩する。

「ちょっと出てきますよ」

と、カウンターにいる柏木紀子に声をかける。

「行ってらっしゃい」

こんな時間になると、図書館にも七、八人の利用者が入っている。

中には本を閉じたまま、ただひたすら眠っている年寄もいるが、やはりたいていは三木と同様、定年で暇になって、行く所がないらしい男性である。

中に一人二人、受験生らしい男の子が交ったりしている。

外へ出ると、三木はたいてい足を向けるラーメン屋に、今日も向った。

食券を買って、カウンター越しに渡すだけ。余計な会話もないので気楽だ。

十二時には十分ほどあるので、客は他に一人しかいなかった。すぐにラーメンも出て来て、三木ははしを割った。

いつも通りのことをやれるのが嬉《うれ》しい。

特に今日は一日のスタートに、気の重くなるような経験をしていたので、なおさらだった。

ラーメンを食べ終えるころには大分気が楽になっていて、ちょうど昼休みで店も混み始める。

食べ終えると早めに席を立って、空の器を〈返却口〉に戻した。

「毎度どうも」

中で働いている一番若い男の子が、三木に声をかけてくれた。たぶん、十七、八だろう。よく働く。いつも額が汗で光っていた。

「ごちそうさま」

三木もそう返して、ラーメン屋を出ると、表に置かれた自販機で、お茶のペットボトルを買った。

図書館の中で飲み食いしてはいけないことは分っているが、小さなペットボトルくらいは大目に見てくれる。

「──お帰りなさい」

図書館へ入ると、柏木紀子が顔を上げて微笑んだ。

「やあ」

「ね、例の美術雑誌だけど」

「ああ。どうなりました?」

「OKが出たの」

「そいつは嬉しいな」

「ただね、予算の都合で、来年の四月からってことなの」

「それは、でも仕方ないですね」

と、三木は肯《うなず》いて、「ともかく、ありがとうございました」

礼を言って、席へ戻ったが──。

「あれ?」

読みかけて置いてあった本がなくなっているのだ。「確かここに……」

キョロキョロと見回すと、見覚えのあるカバーが目にとまった。

窓際の席に座ってその本を読んでいたのは、ブレザーとチェックのスカートの高校生らしい女の子だった。

初めて見る顔ではなかった。何度かここで見かけている。しかし相手は女の子だ。

三木はゆっくりと少女の席の方へ歩いて行くと、少し手前でちょっと咳《せき》払いした。

「──あ」

少女は顔を上げて、三木を見ると、「ごめんなさい！　戻られたら返そうと思ってたんです」と言って本を閉じた。

「ああ、いいんだよ」

三木は隣の空いていた椅子に腰をかけると、「どうせ僕は毎日来てるからね。その本をどうしても今日読まなきゃいけないってわけじゃない」

「でも……」

「君は……高校生？」

「高一です」

「カフカが好きなの？　いや、今どきの若い子が読んでるのは珍しいと思ってね」

「そんなによく分るわけじゃないんですけど」

と、少女は言った。「ドイツ文学が好きなんです。——何となく」

「そうか。いや、それでいいんじゃない？　誰だって、『何となく』面白そうだな、と思って本を選んでるんだ」

「でも、クラスでも珍しいって言われます」

「そうかもしれないね。人にどう言われてもあまり気にしないことだよ」

と、三木は言って、「良かったら、そのまま読んでくれ。僕は他にも読みたい本がある」

「はい。ありがとう」

どことなく寂しそうな印象の色白な女の子だ。しかし、三木と話していても、口調ははっきりとして、礼儀正しい。

「じゃ、また」

と、立ち上りかけて、「僕は三木だ。もう七十になる」

「石元早織《いしもとさおり》です」

と、少女は小さく会釈した。

三木は立って〈文学〉の棚を見に行くと、ドイツ文学者のエッセイ集を取り出して、パラパラとめくった。

そのとき――入口の扉が開いたので、反射的に目をやると、スーツ姿にコートをはおった男性が二人、入って来た。

すぐに分った。朝に見かけた刑事だ。

「失礼」

と、柏木紀子に話しかけている。

三木は元の席に座った。聞き込みに回っているのか。

「あの……すみません」

柏木紀子が立って来ると、館内に向けて呼びかけるように言った。「警察の方が、ちょっとお訊《き》きになりたいことがあると……」

紀子も少し当惑しているようだった。

「この先の道に置かれたベンチで」

と、刑事の一人が言った。「女性が殺されました。犯行は今朝早くということですが、この辺りにお住いの方で、何か変ったことに気付いた方はいませんか」

いきなりそう言われても、三木以外の人は事件があったことも知らないだろう。

ちょっと不安げな空気が広がった。

話しかけた刑事は、三木の方へやって来ると、

「あなた、今朝方現場にいましたね」

と言った。

「ここへ来る途中でしたからね」

「ここへはよく来るんですか?」

「ほとんど毎日ですね。行く所もないので」

「あの団地の方?」

「そうです」

「殺された女性に見覚えありませんか」

「さあ……。顔はよく見えませんでした。でも、ああしてベンチで寝ていたりする女性は見たことがありません。もう結構朝は冷えますからね」

「なるほど」

と、刑事は肯いて、「名前と住所を伺っても?」

どうして、という気もしたが、ここで刑事相手に言い争っても仕方ない。

三木は備え付けのメモ用紙に住所と名前を書いて渡した。電話番号も書き添えた。

「──ありがとう。三木さん、ですね」

「はあ」

「何か気が付いたことがあれば、こちらへ」

と、刑事から名刺を受け取る。

刑事は館内を見回していたが、ふと目をとめると、あの女子高校生の方へと足を向けた。

「――君は高校生？」

「そうです」

少女は読みかけのカフカを開いたまま言った。

「どうしてここに？　学校あるんだろ」

少女はちょっと口をつぐんでいたが、

「――事情があって、早退しています」

と、目を本へ向けたまま言った。

「ふーん。どういう事情で？」

少女は本を閉じると、

「言いたくありません」

と言った。

その言葉は刑事に「こいつは怪しい」と思わせたに違いない。

「どこの高校だ？　学校へ問い合せることもできるんだぞ。学校をサボってるんだな。そうだろう」

三木は立ち上ると、

「刑事さん」

と言った。「その子は石元早織といって、僕の姪《めい》です。夏に体調を崩して、つい最近登校するようになったんです。別にサボってるわけじゃありません」

「ふん……」

刑事は面白くなさそうだったが、さすがに事件と全く関係のないことで時間を取っていられなかったのだろう。

「まあいい。——ちゃんと質問には答えろよ」

と言うと、もう一人の刑事を促して、「邪魔したね」

と、柏木紀子に声をかけて出て行った。

ホッとした空気が流れる。

「——不愉快ね!」

と、柏木紀子がひと言。

誰もが無言で同意する気配があった。

午後三時を回って、何となく一緒に出ることになった。

三木と石元早織の二人は、図書館を出ると並んで歩きだした。

「君はあの団地にいるの?」

と、三木が訊く。

「いいえ、私は途中で脇へ折れるの」

と、石元早織が言った。

あまり色々訊かないでほしい、という雰囲気が、彼女を包んでいた。

三木も、もちろんその子の「訊かれたくない」ことをあえて訊こうとは思わなかった。

ただ、早織が何か激しい感情を——叫びだしたいような何かを内に抱いているのだと感じていた。それが何なのか。

三木が知る必要はないことだ。

「——あ、そこを曲るんで」

と、早織は言った。

あの女性が殺されていたベンチまで、ほんの数十メートルだった。

「じゃあね」

と、三木は微笑んで、「また会うかもしれないね」

「はい」

と、早織は肯いて、「失礼します。伯父さん」

「え?」

「だって、私、姪なんでしょ」

と言って、早織は笑った。

高校生らしい笑いだった。

「そうだった! 忘れてたよ」

と、三木は言った。「勝手にあんなことを言って、悪かったね」

「いいえ、ちっとも。嬉しかった、私」

「それならいいが」

「じゃ、また」

早織はちょっと手を振って、住宅地へ続く道を辿って行った。その後ろ姿から、三木はなぜだか目を離せなかった。

あのベンチはブルーシートで覆われていた。

ここで一人の女性の命が奪われたのだ。——なぜ、あの女性は、こんな所で死ななければいけなかったのだろう。

また少し重苦しい気分になりながら、三木は団地へと歩き出した。


「ただいま」

茜が帰宅したのは八時少し前だった。

「やあ。早かったね、今日は」

三木はリモコンでTVを消して、「夕飯は?」

「駅前のスーパーでお弁当買って来ました」

と、茜は包みをテーブルに置いて、「お義父《とう》さんの分も買ってきたけど、どうします?」

「もらうよ。パンだけで物足りなかったところだ」

「じゃあ……」

「着替えておいで。お茶をいれよう」

「お願いします」

茜はスーツの上着を脱いでブラウスのボタンを外すと、大きく息を吐き出した。

「疲れたろう」

「打合せが色々もめて……。でも、延びたおかげで、余計な飲み会に出なくてすみました」

茜がバスルームへ入って行く。

三木は緑茶を新しくいれて、テーブルに弁当を並べた。

ゆったりした服に替えると、茜は椅子を引いて、

「緑茶の香り、いいですね!」

と言った。「お弁当、温めますか?」

「いや、まだ少し温かいよ」

三木は自分の弁当を食べ始めた。

茜はひと息いれて、

「——何かあったんですか?」

「何か、って?」

「下のエレベーターの前で、奥さんたちが三人でおしゃべりしてて。パトカーがどうとかって聞こえたんで」

「話題だろうな。殺人事件があった」

「え?　ここで?」

「いや、団地の中じゃない」

三木が状況を説明すると、

「そんなに人通りの多い道じゃないのに」

と、茜が言った。「目ざわりだとかいうことですかね」

「分らんね。新聞にでも載るだろう」

図書館で刑事に名前や住所を訊かれたことは話さなかった。いらない心配をかけたくない。

「――お義父さん」

弁当を食べ終ると、茜はお茶をもう一杯いれて、「これから帰りが遅くなることが多いと思うんです。先に食事して、やすんで下さいね」

と言った。

「忙しいのか」

「年末に向けて、何かと。〈J〉みたいな女性誌が思い切り派手にする時期ですから」

「競争だな」

「どこも大変ですよ」

と、茜は首を振って、「うちは外部スタッフをあまり使ってないので、どうしても人件費が……。でも、シングルマザーの女性を切ったりできませんよ」

「そうだな」

そういう点、茜は編集長として冷酷になれないところがある。会社としては、正社員を減らしたいだろうが、茜はそのやり方に抵抗している。

「暮の特別号で結果を出せないと、首をすげかえられるかもしれません」

「そうか。僕は役に立てなくて悪いな」

「やめて下さい。いつも遅くなって申し訳ないと思ってるんですよ」

テーブルに置いた茜のケータイにメールの着信音がした。手に取ると、

「あら、公枝さんですよ」

結婚した娘だ。

「電話してくればいいのに。何だって？」

「――まあ」

と、茜が目を見開いた。

「どうかしたか？」

「公枝さん、赤ちゃんが」

三木は思いがけない話にしばし言葉がなかった。

公枝は三十八歳。工藤佑二《くどうゆうじ》と結婚して七、八年たつが、子供はいなかった。

茜は四十だし、孫の顔を見ることはなさそうだと思っていたのだ。それが……。

「どうして父親に言って来ないんだ」

と、いささか不満だったが、

「はっきりするまで言いたくなかったんでしょ。お義父さんのケータイにかけるそうですよ」

「そうか！」

三木は立ち上ると、「あれ？　ケータイをどこへ置いたかな」

あわてて捜し回っていると、洗面台からケータイの鳴るのが聞こえてきた。

3　影

パソコンに向ったサラリーマンたちがズラリと並んでいる。

最近は、この手のコーヒーショップで仕事をするのが流行らしい。――三木忠志のように、もう七十にもなる世代の人間には、とても理解できない社会である。

奥の席で、娘の公枝が手を振っていた。

「何だか、すっかり様子が変っちまったな」

コートを脱いで椅子の背にかけると、「自分で買って持ってくるんだろ」

「ええ、分る？」

「それぐらい分るさ」

三木はカウンターの列に並んで、カフェオレを買うと、公枝のテーブルに戻って、

「大丈夫なのか、体は」

と言った。

「少しつわりがあったけど、もう何ともない」

「そうか。母さんはかなりつわりが重かったんだ。これぱっかりはどうしようもないからな」

三木はそっとカフェオレをひと口飲んで、

「あちち……。火傷《やけど》しそうだ」

と言った。「びっくりしたぞ、ゆうべは」

「もう大丈夫って安心できるまで言いたくなかったの」

と、公枝は言った。「もう五か月に入ったし……」

前の晩に、公枝から妊娠の知らせを聞いて、三木は嬉《うれ》しいよりも、ちょっと当惑した。

もちろん、公枝の三十八歳という年齢からくる心配もあったが、電話で聞く公枝の口調がいやに淡々として、あまり弾んでいる風ではなかったせいだ。

「こんな店、前に来たときはなかったぞ」

「そう？　でも、もう半年はたつと思うわ」

「まあ、そうかな。しばらくこっちへは……。それで――話って、何だ？」

ゆうべの電話で、公枝は、

「ちょっと相談したいことがあるの」

と言った。

工藤佑二と暮しているこの町まで、三木の団地からは一時間半くらいかかるのだが、このところ公枝と話す機会もなかったので、今日はこうして出かけて来た。

「兄さんからは、まだ何も？」

「浩一か。もう二年過ぎたな。いや、ひと言の連絡もない。家出といったって、四十過ぎの男だぞ。中学生や高校生の家出とわけが違う」

「そうね。女ができたってわけでもなさそうだし」

「それなら、茜さんが分るだろう」

「忙しいの、茜さん?」

「これから年末に向けて大変だそうだ。ほとんど毎晩遅い」

「でも――いいわね。編集長だなんて。忙しくても、やりがいがあるじゃない」

肝心の話に入らず、周りを巡っている感じだった。しかし、三木は、焦ってもいいことはない、待つだけだ、と考えられる年齢になっていた。

公枝は自分のジュースを飲んでしまうと、

「ちょっと困ってるの」

と言った。「主人がね……」

「佑二君、どうかしたのか」

「うつなのよ」

三木は驚いた。工藤佑二は営業マンだが、人当りが良く、仕事がストレスになっているとは思えなかったからだ。

「――この春に、人員整理があって」

と、公枝が言った。「二十人近くリストラされたの。主人は残れた代りに、営業から外されたのよ」

「そうか。で、今は何の仕事をしてるんだ?」

公枝は微妙に眉《まゆ》を上げて、

「庶務で、郵便物の仕分けなんかをやってるわ」

「そいつは……。辛《つら》いだろうな」

人には向き不向きがある。もちろん、中には人と対面して応対するのが苦手で、一日中事務机に向っている方がいいという者もいる。

しかし、工藤佑二のように、もう二十年近く営業畑で働いて来て、それなりに成績を出して来た人間にとって、外出することもなく、椅子にかけてパソコンと向き合っているのは、息が詰る思いだろう。

「しかし、ふしぎだな。佑二君は営業マンとしては優秀だったろう」

「ええ」

と、公枝は肯《うなず》いて、「営業部長が替ったの。本当なら、あの人が部長になってもいいキャリアがあったのに……」

「それはつまり――辞めろということか」

「ねえ、そう思うでしょ、お父さんも？　でも、佑二さんは黙って言われるままに……。そして、二か月くらいしたら、朝、起きられなくなって……」

「なるほど」

「今は、薬をもらって、何とか出社してるけど、薬のせいで、仕事中にちょくちょく眠ってしまうらしいの。周りの人が気を付けていてくれるけど、上司からは度々叱られてるの。それも応《こた》えるのね」

「しかし、子供が生まれるとなれば……」

「今、会社を辞めたら、次の仕事を見付けるのは大変でしょ。もう四十二だし、症状もすぐには改善しないだろうし」

工藤佑二は営業マンとして、かなりの稼ぎがあった。結婚当初は公枝も勤めていたのだが、夫だけの収入で充分にやっていけたし、今の家も手に入れて、公枝は二年ほどで勤めを辞め、専業主婦になっていた。

「私も働こうかと思ったけど、そのタイミングで……」

と、手をそっと下腹に当てる。

おめでた、と言って喜んでいられないのがよく分った。

「――ごめんね」

と、公枝はちょっと微笑んで、「せっかく遠くまで来てもらって、こんなグチばっかり聞かせちゃって」

「いや、まあ、それは……」

「別に、お父さんにどうしてくれ、って言ってるんじゃないのよ。お父さんだって年金暮しで、楽じゃないって分ってるし。ただ、誰かに話したかったの。兄さんはいないし、お友達っていっても、みんなバラバラで、遠くだしね。つい、お父さんに……。一応話しておこうかと思って」

「いや、何といったって父親だ。困ったことがあれば……。まあ、大したことはできないが……」

「ありがとう。その気持だけで充分よ」

公枝は、三木の手に自分の手を重ねた。

「しかし……」

「何とかなるわ。大丈夫」

と、公枝は微笑んで見せると、「赤ちゃんの名前を考えてくれる？　女の子だそうよ」

気持だけで充分？

「そんなはずないよな」

団地へ帰る途中、三木は電車の中で呟《つぶや》いた。

お父さん、助けて！

公枝はそう言っていた。――声には出さなくても、三木には分った。

三木の手に重ねた公枝の手は、三木を安心させようとしているかに見えて、実際は、

「お願い。何とかして」

と訴えていた……。

だが、もちろん三木としては、

「心配するな。俺に任せろ」

とは言ってやれない。

もう七十なのだ。今から働こうとしても、どんな仕事があるだろう？

もし、工藤佑二が会社を辞めてしまったら、その分の月収を三木が補うことはとてもできない。公枝としては、出産の準備にもお金がかかるわけで、本当のところ、途方に暮れているだろう。

俺に何がしてやれるか？　――三木は、団地への道を歩きながら、考え込んでいた。

不意に、風が強く吹いて来て、三木はコートの襟を立てた。マフラーをしてくるのだった。もう冬なのだ。

ふと気が付くと、隣に並んで、あの高校生、石元早織が歩いていた。

「やあ」

「ずっと一緒に歩いてたのに、気が付かないんだもの」

と、早織は言った。

「考えごとをしていてね。――君、図書館にいたのか？」

「午後からね。あのカフカはもう読み終ったから、棚に戻してあるわ」

「そうか」

「お出かけだったの？」

「結婚してる娘の所へね。ちょっと用があって」

「それで考えごと？」

「うん、まあ……どの家庭も何かと大変だよ」

早織の曲る角がすぐそこだった。

あのベンチには、まだブルーシートがかけられていたが、風で半分くらいめくれていた。

「あの女の人のこと、分ったのかしら」

と、早織は言った。

「どうかな。――殺人となれば、警察も何とかして身許《みもと》を調べるだろう」

今の三木にとっては、公枝のことが何より気がかりだった。

「それじゃ、さよなら」

と、早織はちょっと手を振って、角を曲って行った。

「ああ」

三木は、何だかそれきりで別れたくないという気持になって、「早織君。今日学校へは行ったのかい?」

早織は振り返って、

「今朝は校門の所まで行ったけど……」

と言うと、そのまま行ってしまった。

余計なお世話だったかな。——しっかりした子だ。俺が心配するまでもないだろう。

三木は足を速めた。

駅前で買った、夕食の弁当を入れたビニール袋が、ガサゴソと音をたてた。


一人、弁当を食べながら、TVのニュースを、見るともなく見ていた。

茜からは、〈帰りが遅くなりますので、先に寝ていて下さい〉というメールが入っていた。

「大変だな……」

とは呟いてみるものの、茜のために何かしてやれるわけではない。

三木も定年過ぎまで勤めて、「責任のある立場」にいることが、どれほどのストレスになるか、多少は分っている。特に茜のように、女性誌の編集長の肩書は、一見華やかだが、雑誌の売れ行きという、予測も計算も立てられない結果に責任を負っているのだ。頑張って働いたから、それだけ売れるというわけでもない。

そして、編集スタッフとその家族、何十人もの生活を支えているのだ。はっきり言って、三木には想像もつかない重圧だろう。

体をこわさなければいいが……。

娘、公枝を心配するのとは全く違うが、毎夜遅く帰宅していながら、朝も普通に出勤している茜の身も気になっていた……。

「――団地近くのベンチで殺害されたとみられる……」

不意にアナウンサーの声が耳に飛び込んで来て、三木は食べる手を止めた。

被害者の身許が判明したという。

「被害者は、住所不定で無職の、加納祥子《かのうしょうこ》さん、七十歳と分りました」

七十歳か。俺と同じだ。

TVの画面に出た写真は、ずいぶん若い――といっても、五十ぐらいにはなっているだろう――勤め先での社員旅行かと思える、記念写真風だった。

少し古い感じのスーツ姿の女性、数人が並んで写っている。〈加納祥子〉は右端に、少し遠慮がちな感じで立っていた。ヘアスタイルがずいぶん昔風で地味だ。

だが、ごく当り前に働いていたらしいこの女性が、なぜホームレスになり、しかもあんな死に方をしなくてはならなかったのだろう。

「人生、何が起るか分らないな……」

と、三木はしみじみと呟いた。

しかも——この女性はただ死んだだけではない。刃物で胸を刺されていたのだ。

一体誰がそんなことを？　あの女性から盗もうという物などありはしないだろうに。

身許が分ったというのだから、いずれ犯人も知れるだろうが、それでも解決したからといって、あのベンチに腰かける気にはなれそうにない。

弁当を食べ終って、三木はお茶をいれて飲んだ。——起きている間に茜が帰宅したら、彼女にも緑茶をいれてやろう。

たったそれだけのことでも、くたびれているときにはやる気になれないものだ。

お茶を一口飲んでTVに目をやると、もう別のニュースになっている。七十歳の一人の女の死など、遠からず忘れられてしまうだろう。

「——〈祥子〉か」

そんな名には憶《おぼ》えがある。もちろん大勢いるに違いないが、三木の知っていた〈祥子〉は……。何といったっけ？

姓を思い出せない。——記憶力も落ちているのだな、と思った。

——弁当の空箱を捨てて、手を洗っていると、珍しく居間の隅の家庭用の電話が鳴り出した。

「間違い電話だろ……」

実際、今はほとんどの知り合いがケータイにかけてくる。家に電話を置かないという人も少なくない。

ただ、茜の仕事柄、ファックスが届くことがたまにあって、ファックスの受信兼用になっている電話が、ソファの袖《そで》机の上を占領している。

ファックスかと思ったが、そうではなかった。

放っとくわけにもいかず、用心しながら受話器を上げると、

「――もしもし」

と、女性の声が、「すみません、三木さんのお宅ですか？」

「そうですが……」

「三木忠志さん、いらっしゃいます？」

ちょっと面食らいながら、

「ええと……私ですが」

「三木君？　まあ、びっくりした！」

少し間があって、

「は？」

「まさか本人が直接出るなんて。ごめんなさい、分んないわよね。私、高校で一緒だった北川《きたがわ》。北川京子《きようこ》。憶えてる？」

「北川……」

名前よりも、その少し甲高い早口なしゃべり方に、何となく憶えがある。

「ほら、よく体育当番で、マットとか運ばされて。私、太ってたけど力なくて、いつも三木君にやらせてた」

「ああ！　あの北川君か。しかし、またどうして」

丸ぶちのメガネをかけて、いつもふくれっつらをしていた少女のイメージが、ぼんやりと浮んだ。

「今は馬場《ばば》っていうんだけどね。同窓会名簿に、そこの番号が出てたから」

「なるほど。いや、懐しいね。元気?」

「おかげさまで。亭主は去年死んじゃったの」

「それはどうも……」

「そんなことより、ニュース、見た?」

「ニュースって?」

「殺されたじゃない。ホームレスの女の人。ニュースで見てさ、あの〈加納祥子〉って、同じクラスにいた〈仁科《にしな》祥子〉よ」

三木は一瞬頭が真白になったようで、そうだ、〈祥子〉の姓は〈仁科〉だった、と考えていた。

「三木君も憶えてるでしょ?」

「――ああ、もちろん」

と、三木は言った。「でも、本当に?」

「旧姓〈仁科〉。〈加納祥子〉って、名簿にあるわ」

――祥子。あれが祥子だったのか?

三木は受話器を持ったまま、カーペットに座り込んでしまった……。

4　重い雲

「雪でも降りそうですね」

と、茜が言った。「お義父《とう》さん、出かけるんですか？」

「ああ、たぶん……。いつもの図書館にね」

と、三木は言った。

「暖かくして行って下さいね。風、冷たいし」

今朝は茜も少しゆっくりだ。ゆうべ帰宅したのは午前二時を回っていた。

「その内、会社に泊るかも」

「そうか。――大変だな。体を大事にしろよ」

それ以外に、言ってやれることはない。

「ええ……。家のこと、何もかもお義父さんに任せてしまって、すみません」

「大したことじゃないさ。洗濯だって掃除だって、機械がやってくれる。適当に手は抜いてるよ」

「お休みの日に、まとめてやりますから、無理しないで下さい」

「年寄は、頼りにされてる方が嬉《うれ》しいんだよ。気にすることはない。コーヒー、もう一杯飲むかね?」

「いえ、そろそろ出かけないと」

と、茜は時計に目をやって、「ゆうべみたいに、遅くまで待っていないで下さいね」

夜中二時ごろ帰って来た茜は、三木が出たばかりの、まだ熱い風呂《ふろ》に入れたのだ。

「ああ、ゆうべはたまたま……。大丈夫。眠くなれば寝ているよ」

「そうして下さい。それじゃ――」

「僕が片付けるからいいよ。用意して出かけなさい」

「すみません。――よろしく」

茜は急いで奥の部屋に入って行った。

――ああして、いつもきびきびと動いているが、疲れているのだろう、と三木は茜を見て思った。

おそらく、いつもの茜だったら、三木の様子が普段と違うことに気付いているだろう。

ゆうべは、茜を待って遅くなったのではなかった。

北川京子からの何十年ぶりの電話で、あのホームレスの女性が、かつての同級生だったことを知らされて、動揺してしまったのだ。

どうしてあんなことになったのか。――あれこれ考えている内、いつしか深夜になっていたのである。

それだけではない、公枝のことも、もちろん気になっていた。

茜は、昨日三木が公枝に会いに行ったことを知っている。しかし、公枝がどんな様子だったかも訊《き》こうとしない。それも茜らしくないことだった。

「――じゃ、お義父さん、行って来ます」

と、コートをはおって、茜が出て来た。

「ああ。鍵《かぎ》はかけるから。気を付けて」

「はい」

――おそらく、茜は茜で、考えること、思い悩むことを、いくつも抱えているのだろう。

三木はゆっくり玄関へ出て行って、鍵をかけた……。


洗濯機を回したりしている内、昼になり、出かけるのは午後になった。

外廊下は凍りつくような風が吹いていて、一瞬、今日は行くのをやめようかと思った。しかし、やはり……。

マフラーをきっちりと首に巻いて、三木は外へ出かけて行った。

団地の中の公園にも、今日は遊んでいる子供の姿はない。灰色の雲が、頭上を息詰まるような低さで覆っていた。

足取りが緩んだのは、あのベンチの手前だった。ブルーシートは外されて、ベンチは以前の通り、何ごともなかったようにそこにあった。

三木はベンチの前まで来て、足を止めた。

祥子……。どうして君はこんな所で死んでいたんだ。

しかも、誰かに刺されて。ここへ来るまでの何十年か、君はどうしていたんだ?

「──祥子って、美人だったよね」

と、ゆうべの電話で、京子は言った。

「そうだな……」

「私なんか、ちょっと苦手だったわ。だって、あんなに可愛くて、勉強もできて、人気者でさ。私、どうしてこう不公平なの、って怒ってた」

と言って、京子は、「もうこの年齢《とし》になりゃ同じよね。少なくとも見た目は」

と付け加えた。

「だけど、何があったのかな」

と三木は言った。

祥子が殺されていたのが、この団地のすぐ近くだということは黙っていた。

「人間、分んないわね。彼女、確かお医者さんと結婚したはずよ」

「医者?」

「そう。エリートの医大生と付合ってるって聞いてたわ。やっぱり、祥子らしい所に納まったのね、と誰かと話した憶《おぼ》えがある」

「そうか。僕はその手の話はさっぱり知らないんでね。──その名簿に、彼女の連絡先は出てるのかい?」

「ええ。麻布《あざぶ》のマンションよ。でも、そこにいられなかったってことですものね」

マンションの名前を聞いて、三木は、

「そこなら知ってる。僕の勤め先の近くだったからな」

と言った。

「ともかく——殺されたんでしょ、彼女？　怖いわね。いくら七十になっても、そんな死に方、したくないわね」

その後、十分ほど「今はどうしている」という話をして、電話は切れた。

——よく見ると、ベンチの下に、黒ずんだ土が覗《のぞ》いている。おそらく血だまりだったのだろう。

風が一段と強くなって、三木は図書館へと向った。


「あ……」

図書館から、石元早織が出て来たところだった。

「やあ」

「今日はもう来ないのかな、って……」

「家を出るのが遅くなってね」

と、三木は言った。「もう帰るの？」

「うん。でも、本当はもう少し遅い方が」

三木は少し迷ったが、

「どうだい？　お茶でも飲んで話さないか？　——こんな年寄相手じゃ面白くないだろうけど」

早織は微笑んで、

「私、年上が好きなの」

と言った。

「上過ぎるだろ」

早織が、「いいお店がある」と言って、三木を案内したのは、いつもの脇道へ曲って、古い住宅が並ぶ中、ポツンと小さな店を構えている喫茶店だった。

「――こんな店があったのか」

昔風の喫茶店の雰囲気である。テーブル三つで一杯だが、今は三木たちしかいない。

「こんにちは」

店に入ると、早織は店のマスターらしい中年男に声をかけた。

頭の禿《は》げ上ったその男は、可愛いエプロンをつけていた。

「やあ、今日はボーイフレンドと一緒？　珍しいね」

「オールドフレンドですな」

と、三木は言った。「図書館でよく会うものでね」

「マスター、いつものね」

と、早織がオーダーした。「三木さん、コーヒー？」

「まあ……ホットミルクにしておこう」

「体に良さそうね。コーヒー、やめたの？」

「そうじゃない。ただ――ゆうべ、ちょっと色々あってね……」

その内容を、早織は聞きたがりはしなかった。

「図書館に行くのも面倒だったが、何となく前まで行って……」

そう言いかけて、三木は口をつぐんだ。

俺は何をしてるんだ？　娘のような――いや、孫と言った方がいいような女の子に、何を話そうとしているんだ？

冷静になれ。年齢にふさわしい「年寄」になれ。

「――どうかした？」

と、早織が訊いた。

「いや……。この店の常連なんだね」

と、三木は言った。

「ええ。だって……。ありがとう」

早織の前にコーヒーが置かれる。三木はホットミルクに砂糖をたっぷり入れた。

「だって――」

早織は前に続けて、「時間を潰《つぶ》そうと思うと、ここか図書館ぐらいしかないんですもの」

「そうか。そうやってコーヒーを飲んでると、ずいぶん大人びて見えるね」

「でも十六は十六よ。早く二十六、三十六になりたいけど」

「なってしまえばアッという間だよ。七十だって」

「きっとそうなのよね。でも、やっぱり今は遠い先だわ」

家に、何か複雑な事情を抱えているのだ、と三木は感じた。直感だったが、おそらく正しいだろう。

しかし、そんなことを訊いても仕方ない。たまたま図書館で会っただけの年寄に、何ができるだろう。

「――ニュースで見たわ」

と、早織が言った。「亡くなった女の人、身許《みもと》が分ったって……」

「――そうか？　気が付かなかったな。TVをつけてても、ぼんやり見てるだけだから」

「七十歳って言ってた。でも、誰があんなこと……」

「全くね」

この子に話したところで仕方ない。彼女が高校の同級生だった、などと。

しかし、ホットミルクのカップを口許へ持って行こうとした三木の手が止った。

「私、あの女の人と話したの」

と、早織が言ったのである。

何秒かの空白があった。――三木は、カップをそのまま置いて、

「話したって？」

と言った。

「うん」

と、早織は肯《うなず》いた。「あの日じゃないよ。たぶん……四、五日前かな」

「そうか。――前にもあそこにいたんだ」

「そう。あのベンチに座ってた。――昼間で、暖かい日だったから。コートを脱いで、ベンチの背にかけてた」

と、早織は言った。「私、あの日、学校に行ったけど、お昼休みで帰って来ちゃったの。図

書館に寄るのも、何だか気が進まなくて歩いて来た。そしたら、ちょうど道を折れる所まで来たとき、女の人の手からペットボトルが落ちて転った」

「お茶か何かの？」

「うん、日本茶だった。半分くらい残ってて。それがこっちの方へ転って来たのね。女の人は、ウトウトしてたみたい。ペットボトルが落ちたのに気付いてなかった」

「君がそれを――」

「拾って、女の人のそばに置いてあげた。そのとき、目を覚まして、私のことを見た。私、『これ、落ちましたよ』って言ったら、すぐ気が付いたみたいで、『ありがとう』って、ニッコリ笑ったわ」

「それは……いいことをしたね」

と、三木は言った。

「私、そのまま行ってしまおうとした。そしたら、その人が、『いつもここを通るの？』って訊いたの。私が、少し手前を曲るんですって言うと、『この先は団地よね』って言った」

と、早織は言った。「だから私、『そうです』って……。でも、団地の中には入ったことないし、それ以上言うこともなかったから……」

「――それだけだった？」

と、三木は言った。

「ええ。そのまま、私、いつもの道に。――それきり、あの女の人を見てない」

三木は、やっとホットミルクをゆっくりと飲むことができた。

「ちょっと気になってて」

と、早織が言った。「あのとき、刑事さんがあの女の人のこと、知らないかって訊いたでしょ？　私、何も言わなかったけど」

「ああ。――それは必要なかったよ。だって、それだけのやり取りじゃ、何も分らないじゃないか」

「そうよね」

早織は安堵《あんど》の表情になって、「でも、あのときニッコリ笑った表情が、凄《すご》くやさしくて、きれいだったの。もちろん年齢取ってはいたけど、本当にきれいだった……」

三木は不意に胸をしめつけられるような気がした。

この少女の言葉が、突然五十年以上昔の記憶を呼び覚ましたようだった。

祥子。君はきっとあのころのように、美しかったのだろう。

ただ――なぜ彼女は団地のことを口にしたのだろう？　三木の住む団地のことを。

それは単に、何気ない言葉だったのか。

三木がそこに住んでいることを知っていたとか……。そんなはずはない。

――三木はホットミルクを飲んでしまうと、

「僕もコーヒーをもらおう」

と言った。

ブラックのまま、コーヒーをひと口飲んで、

「――おいしいね」

と、三木は言った。

「ね？　とても丁寧に淹《い》れてくれてるから」

と、早織は嬉しそうに言った。

「うん。よく分るよ」

と、三木は肯いて、「いい店を教えてもらった」

「ごひいきの程を」

と、早織が微笑んで言った。

三木は、

「しかし、やはり少し甘くしたいな」

と言って、コーヒーにミルクと砂糖を入れた。「――うん。おいしい」

三木は、少し間を置いて、

「早織君」

と言った。「あの女性は『この先は団地よね』と言ったんだね」

「ええ」

「それは――何か理由があって言ってるようだったかい？　つまり、その団地に誰か知ってる人がいる、と言ってるようだったとか……」

「三木さん……」

「実はね、僕もニュースを見た。あの加納祥子という女性は、僕の高校の同級生だったんだ」

早織はそうびっくりした様子でもなく、

「そうだったの」

と言った。「じゃ、三木さんのことを知ってて？」

「そんなことはないと思う。高校でも、僕は特別彼女と仲が良かったわけじゃないからね」

と、三木は素直に言った。「ただ、君の聞いた印象ではどうだったのかな、と思ってね」

「――分らないわ」

と、早織は少し当惑したように、「そんなに……意味ありげには聞こえなかったけど」

「そうか。ごめんよ。こんな質問をしても、君を困らせるだけだね」

「そんなこと、いいの。でも、よく憶えてたのね」

「いや、そういうわけじゃないんだ」

三木は、かつての同級生だった女性が知らせてくれたことを話した。

「〈仁科祥子〉っていう名だったの、あの人」

「結婚して〈加納〉になっていたんだろうが、家を出ることになった事情は分らないね」

「もし三木さんがあの団地にいると知ってたのなら、訪ねて行ったんじゃないかしら」

「どうかな……。あの団地にいると知っても、どこの棟の何号室なのかまでは分らないだろうね」

「そうね。いきなり団地へ行って、『こういう人はいないか』って訊いても、教えてくれないだろうしね」

「確かに」

と、三木は肯いた。「それにしても、なぜ殺されるようなことになったんだろう。――もう五十年以上も会ってなかったんだ。何かよほどの訳があったんだろうな。いや、君が、彼女のことを、とてもきれいだったと言ってくれたのが嬉しくてね」

三木はそう言ってから、コーヒーを飲み干すと、

「――忘れてくれ。君にこんな話をしてしまって……」

「でも、話してくれて嬉しいわ。私をちゃんと話せる相手だと思ってくれたんでしょう」

「そうだね。君がとても大人に思えてね」

――三木は、自分の高校生のころの話を少ししてから、

「もう君も帰った方がいいだろう」

と言った。「ここは僕が払うよ」

「いえ、いいの」

「いや、いくら何でも――」

「そうじゃないんです」

と、店のマスターが言った。「このお嬢さんの分は、ひと月分まとめていただいてるんです、お宅から」

「私だけじゃないの、この店の常連は」

と、早織は言った。

「しかし、申し訳ないな……」

あまりにこだわっても、却《かえ》って早織を困らせるかと思って、三木はそれ以上言わなかった。

喫茶店を出ると、北風は一段と強くなっていて、凍えるようだった。

「ね、三木さん。良かったら、うちに寄って行って」

「え？」

「すぐそこだから」

早織に手を取られ、引張って行かれた。

木立ちの奥に、その屋敷はあった。

「――これが君の家？」

「ええ。大きいけど古いのよ」

団地から遠くない所に、こんな大邸宅があったことに驚いた。門構えからして堂々たるものだ。

傍の扉を開けて入ると、レンガ色の洋館が、のしかかって来るような迫力で待ち受けていた。

「ここまで来たんだから、上って行って」

早織に言われるまま、玄関を入ると、広い玄関ホールがあり、二階への階段も驚くような幅の広さだ。

正面の両開きのドアを開けると、重厚としか言いようのない居間。

「大した屋敷だね」

と、三木は呆気《あっけ》に取られながら言った。

「でも、広過ぎると不便よ」

と、早織は言った。「ちょっと二階の部屋に忘れ物をしても、あの階段を上って取りに行かなきゃならないんですもの。くたびれちゃう」

三木はつい笑って、

「君のような若い子がそういうことを言うのかい？　僕が言うのなら当り前だろうがね」

すると、低い笑い声が聞こえた。振り返ると、居間の入口に、ガウンを着た白髪の紳士が立っていた。

「おじいちゃん、起きて大丈夫なの？」

と、早織が言って、「この人が、いつも図書館で会う三木さん。――私のおじいちゃん」

と、紹介する。

「これはどうも、突然お邪魔してしまって」

と、三木はつい背筋を真直ぐに伸していた。

「いや、こちらこそ。孫がいつもお世話に……」

と言いかけて、「早織、この方にそんな友達付合いのような口をきいては失礼だぞ」

と、注意した。

「だって、何となく気が楽なんだもの」

「構わないのですよ。僕の方こそ、早織君のような若い人から、気さくに声をかけられるのが楽しいです」

と、三木は微笑んで、「三木忠志と申します」

「この子の祖父で、石元歓《かん》といいます」

と、老紳士は言った。「ともかく、お寛《くつろ》ぎ下さい」

「いや、そういつまでも……」

しかし、この居間で一息つかないわけにはいかなかった。

「おじいちゃん、私、着替えてくるね」

と、早織は鞄《かばん》を手に、居間から出て行ってしまった。

「どうも、少々変ったところのある子でしてね」

石元歓はそう言って苦笑いした。

「そんなことはありませんよ。今どきの高校生としては、とてもよく本を読んでらっしゃる」

「まあ……学校へは行きたがらないが、成績は悪くないのです」

「分ります。頭のいい子ですね」

「ちょっと理屈っぽいのが困りものでしてね。議論になると、たいていこちらが言い負かされてしまうのですよ」

「早織さんの話すのを聞いていると、何だか妙に安心するんです」

「それは早織にしても同様ですよ。よく三木さんの話をしてくれます」

と、石元歓は言った。「──ああ、こちらに紅茶でも」

そう言ったのは、いつの間にか入口の所に立っていた女性に向ってだった。

「いらっしゃいませ」

その小柄な女性は、六十代半ばだろうと思われた。

「お邪魔しています」

と、三木は会釈した。

半ば髪の白くなったその女性は、看護師のような服装だったが、

「お紅茶でよろしいでしょうか」

と、穏やかな口調で訊いた。

「はあ」

「早織さんが、『ボーイフレンドができた』とおっしゃってました。お会いしたいと思っていましたわ」

「いや、それは……。七十で『ボーイ』と言われても」

「いえ、とても若々しくていらっしゃいます。旦那《だんな》様もですが」

「おい、充子《みつこ》さん。私にお世辞を言っても仕方ないよ」

と、石元は愉《たの》しげに言った。

広い屋敷の中でも、その住人たちの間には親密な暖かさが感じられた。

しかし、一体ここはどういう「家」なのだろう?

三木は香りのいい紅茶を飲みながら、初めてやって来たばかりで、早織の両親はいるのか、どういう家柄なのか、訊くのは失礼だろうと思って口に出さなかった。

石元歓は、居間へ戻って来た孫娘と、ドイツ文学の話を始めた。

どこか浮世離れしている。この屋敷自体が、別の宇宙に浮んでいるかのようだ……。

三木はゆっくりと紅茶を飲んだ。これを飲み終ったら、この屋敷も人々も、泡がはじけるようにして消えてしまいそうな気がした……。

5　右か左か

ああ……。何か、ぼんやりとした人影が見える。

誰かしら？　どこかで会ったことのある人のようだけど……。

こっちへ歩いて来る。――でも、その割には、少しも近付いて来ないのだ。どうなってるの？

ただのシルエットに過ぎないその人は、肩を揺らして、ちょっと不規則な感じで足を運ぶ。

――そうだ。あの歩き方は……。

「どうしたの、あなた！」

と、茜は呼びかけた。「今までどこに行ってたの？」

「ああ、ちょっとな」

そのシルエットは、夫の声で答えた。「帰りに道に迷ったんだ」

「まあ」

茜は笑って、「大人になって、迷子に？　あなたなら、やりかねないわね」

「そうさ。誰だって、迷子になるんだ。迷子になりたがってるんだ。ただ、たいていの人間は、迷う勇気がないだけだ」

「勝手だわ。残された者がどうなるか、考えなかったの？」

「迷子がいちいち他人のことなんか考えてられるか」

「他人じゃないでしょ。家族じゃないの」

「家族なんて他人さ。親子だってそうだ。夫婦ならなおさらだよ」

「そんな……。でも――本当にあなたなの？」

と、茜は言った。「顔が見えないわ。本当にあなたなの？」

深く息をつくと同時に、寝返りを打ったが――。

「キャッ！」

一瞬、目が覚めた。茜の体はソファから落っこちていたのだ。

だが、固い床に落ちる衝撃はなかった。

「え……。私……」

一気に思い出して来た。

「ちょっと応接で休んでる」

と、編集部を出て、応接室の外の表示を、〈使用中〉にしておいて中へ入ると――。

「ああ……。びっくりした！」

狭いソファで寝返りを打てば、落っこちるのは当り前だ。でも――落ちた床には、ズラリとクッションが並べてあって、茜は体を床に打ちつけずに済んだのだ。

ドアが開いて、

「あ、やっぱり落ちたんですね」

と、明るく若い声がした。

「治子《はるこ》ちゃん。このクッション、あなたが？」

と、茜は起き上って、「助かったわ。腰でも打ったら、動けなくなるところだった」

茜はテーブルに置いたケータイを手に取って、

「三十分は寝たわね」

と言って欠伸《あくび》した。

「大丈夫ですか？」

芝田《しばた》治子は笑顔で訊《き》くと、「お客様です」

「え？」

「武山《たけやま》さんが打合せに」

「ああ！　そうだっけ。こんな時間だった？」

「少し早いけど、って言ってました。夜、仕事が入ってるそうで」

「分った。すぐ行くわ」

「茜さん！　髪が――」

「髪？　どうかなってる？」

と、手をやると、「――ひどいわね！　五分、待ってもらって！」

と、あわてて応接室を出た。

化粧室で、鏡を覗《のぞ》くと、クシャクシャになった、「鳥の巣」みたいな状態。

「これ……どうにもならない」

ともかく、何とかなでつけ、押し付け、見られるようになると、

「――仕方ないか」

と、自分に向って言った。

編集部に戻ると、

「ごめんなさい！　お待たせして」

と、少し大きな声を出した。

「いや、僕の方こそ。都合でね」

と、武山は微笑んで言った。

「忙しいの？　結構じゃない」

茜は自分の席に着くと、「どんな感じ？」

武山ポールはイラストレーターである。茜が編集長をつとめる〈J〉では〈目次〉の見開きページを描いている。

やさしい線と暖かな色彩で、若い女性たちに人気があった。

「これ。――どう？」

と、武山ポールは手描きのイラストを茜の前に置いた。

「ああ……。赤はクリスマスのイメージね？　いいんじゃない？　――緑色がどこかに入ると、それこそクリスマスツリーを連想するかもね」

「そうだね。じゃ、この女の子のスカートを緑にする？」

「うん、悪くないと思うわ。あんまりどぎつい緑色にしないでね。ポールは分ってるだろうけ

ど」

茜のセンス、好みを武山ポールは承知している。そして、茜が決して自分の好みを押し付けないことも。

「他はこのままでいいわよ。後は任せるわ」

と、茜は言った。

「いえ、ちゃんと見てもらうよ。緑っていっても色々だからね。今夜、遅くまでいる?」

「何言ってるの。終業は午後五時って決ってるでしょ」

と、真面目な顔で言ってから、茜は苦笑して、「こんなこと、言ってみたいわね。少なくとも、日付が変るまではいる」

「それまでに持って来るよ」

「分ったわ」

イラストレーターも、今はパソコンで描く時代だ。色を塗るのでなく、番号を指定する。

しかし、武山ポールは今も手描きのイラストにこだわっていた。問題は元の色を印刷で出すことだったが、茜は極力出来上った誌面で色が変らないように努力していた。

その点で、ポールも茜を信じていた。

「それじゃ、また今夜」

と、ポールがイラストをしまうと、

「おい!」

不機嫌そうな声が編集部に響き渡った。

「ポール、行って」

と、茜が促す。

「うん」

ポールが立ち上って編集部を出て行こうとすると、入れ違いに入って来た太った男と、ぶつかりそうになった。

「何だ、お前か」

と、その男はポールを汚れたものでも見るような目で見ると、軽く舌打ちして、茜の方へやって来た。

ポールは別にいやな顔も見せずに行ってしまった。――怒るとか、ムッとするということの、めったにない男性なのだ。

「香水でもつけてるのか、あいつ」

と、太った中年男は禿《は》げ上った額を汗で光らせながら言った。

雑誌局長の野崎《のざき》はゲイが嫌いなのだ。茜がポールを起用していることにもいい顔をしない。香水の匂い？　茜に言わせれば、汗くさい野崎の匂いの方が、ずっと不快だ。しかし、それを口には出せない。

「あいつの描く女の子はちっとも可愛くないじゃないか。誰かいないのか、他に」

と、野崎は言った。

彼の言う「可愛い女の子」は、中年男のイメージなのだ。女性や、若い男女世代には受けないのだが、それには気付いていない。茜は、

「でも、読者の女性たちには人気があるんです」

とだけ言った。

「分らんな」

野崎は肩をすくめて、「それより――何だあの部数は!」

と、思い出したように言った。

「新年号ですか」

「ああ。どういうつもりだ?　いつもの倍の部数じゃないか」

「新年号はページも多いですし、定価も高いですが、やはり一番の勝負どころですから……」

「分っとる。しかしな、倍も売れるのか、本当に?　大量に残ったらどうする。俺の責任になるんだぞ」

要はそこが言いたいのだ。「責任」という言葉がまず頭に浮かぶようになったら、その先はないだろう。

「ともかく頑張ってますから、みんな」

「当り前だ。しかし、〈J〉は経費がかかり過ぎると言われてるんだぞ」

もう何年も前から言われていることだ。

「いい仕事をしてもらうには、安心感がありませんと」

「まあ……いいだろう。自信があるようだからな」

「ありがとうございます」

「万一のときは……」

と言いかけて口ごもる。

「責任は私が取ります」

このひと言を聞きたかったんでしょ？　臆病者《おくびようもの》！

野崎は少しホッとした様子で、

「ともかく頑張れ」

と言って、編集部から出て行った。

「――全く、もう！」

と、芝田治子がこらえていた感情を叩きつけるように、「いつも、こっちを散々煽《あお》ってるくせに！」

「いつものことよ」

と、茜は言って、「コラムの原稿、送られて来た？」

「まだです。メールしたんですけど……」

「返事がなかったら、直接電話して。あの先生はときどき突然旅に出るから」

「分りました！」

治子が急いで席に戻ると、ケータイを手にしている。

たった一ページ、コラム一つ欠けても雑誌は出ない。原稿が来なかったからといって、そこを白紙で出すわけにはいかないのだ。

表紙から裏表紙まで、すべてのページの隅から隅まで、茜は責任を負っている。それは重圧でもあるが、見本誌が刷り上って来ると、胸を達成感で熱く満たしてくれる。

もっとも、そのためにすり減らし、消耗するものも少なくない。——自分の生活。好きなように起きて寝て、ぼんやりとして過す時間は、ほとんどない。

「——今、メールで入りました。原稿」

と、治子が嬉《うれ》しそうに言った。

「良かったわね。誤字のチェックしてね」

「はい！」

先月号のコラムに誤字があった。もちろん茜もゲラを見ているのだが、見落としてしまったのだ。

たったひと文字のミスでも、後悔の思いで夢に見ることがある。——それは編集長の宿命だ。

——個人用のケータイに着信があった。

茜は席を立って、急いで廊下へ出た。

「——もしもし、ごめんなさい。社内なのですぐ出られなくて」

義妹の工藤公枝からだ。

「いえ、お仕事中でしょ、申し訳ないわね」

と、公枝は言った。

「大丈夫よ。今は一人。公枝さん、何かあったの？」

公枝の口調が、どこか普通でなかった。

「あの——父から聞いたかしら、主人のこと」

「佑二さんのこと？　いいえ、このところ夜帰りが遅いので、お義父《とう》さんとゆっくり話せてないの。どうしたの？」

　茜は、工藤佑二がうつになっていることを聞いて、

「それは大変ね」

「それで――あの人、今日会社へ行ってなかったの。会社から電話があって、休むという連絡もないというんで……」

「どこかで時間を潰しているのかしら」

「そんなことならいいんだけど……」

　と、公枝が言った。「昨日、二人で茜さんの話をしていたの」

「話って、どんなこと？」

「〈J〉をいつも買ってくるものだから、ゆうべ、先月号をパラパラめくって、『茜さんの会社はどこにあるんだっけ』って言ったの」

「あら」

「私、ときどき、その近くに出て行く用があるものだから……。あの人、分ったような顔してたけど。――ごめんなさい、変な電話して。ただ、もしかしたら、茜さんに会いたいと思うかもしれないって」

「私に？」

「いつも〈J〉を見て感心してるの。茜さんのこと、『偉いなあ』って」

「そんなこと……」

「いいえ、本当に。特に仕事がうまくいかなくなってからは、よく口にしていたものだから

「……」

「私のケータイ番号、知ってるわよね、佑二さん。連絡ないか、気を付けておくわ」

「ええ、ごめんなさい。忙しいのに本当に……」

公枝は何度も恐縮して言った。

茜は席に戻ると、個人用のケータイを、すぐ取れる所に置いた。

「――何かあったんですか？」

ゲラを見せに来た治子が訊いた。

「ちょっとね……」

ゲラを見始めたが、頭に入らない。「――ごめん、ちょっと出て来る」

と、治子に声をかけると、ケータイをつかんで席を立った。

もちろん、心当りがあるわけでもなく、ビルのロビーへ降りて、中を見渡してみる。

ビルのロビーは、仕事の打合せをする人も多く、椅子とテーブルがいくつもある。

「――三木さん」

と呼んだのは、正面の受付の女性だった。

「はい？」

「三木さんですよね、〈J〉の」

「ええ、そうです」

「さっき、三木さんのこと、訪ねて男の人が」

「名前言いました？」

「いえ、用件も何もおっしゃらなくて、ただ『〈J〉の三木茜さんはここですか』って。何だか様子が……。『どういうご用件でしょうか』って訊くと、『いえ、結構です』って帰られちゃいました」

「それ、いつごろですか?」

「二、三十分前かしら。ご連絡していいのか分らなかったんで……」

「ありがとう」

——工藤佑二だろうか?

しかし、茜は佑二とあまり話し込んだことがない。営業マンタイプで、会えば愛想良く、話もするが、真剣にこみ入った話はしたことがない。

茜はビルを出て、左右を見渡した。いつも通り、ひっきりなしに忙しげな人の流れがあるばかりだ。

いつまでも席を空けていられない。それでも、すぐに戻れなかったのは、自分も夫が突如姿を消していたからだ。

あのとき、「事故に遭ったのでは」とか、「どこかで身を投げたのか」と、必死で探し回った。挙句に、〈しばらく出かける〉というメールが入って来て、拍子抜けした。

それきりだ。——心配しても仕方ない、と割り切れるまで、しばらくかかった。

なぜ出て行ったのか。私のせい?

自分を責めては、そうさせる夫に腹を立てた。——今の公枝も、自分を責めないまでも無力感に苦しんでいるだろう。

そう思うと、すぐに気持を切り換えられなかった。

「でも……しょうがないわね」

と呟くと、茜はビルの中へ戻ろうとして、足を止めた。

あれは……救急車だろうか？

サイレンが近づいて来ていた。――見ていると、救急車は茜の目の前を通り過ぎて、しかしスピードを落としていた。

茜は、いつの間にか救急車を追って、駆け出していた。

6　空白

救急車は、交差点の一方に寄せて停っていた。

横断歩道の辺りに人だかりができている。

茜は、息を弾ませながら、その人垣へと辿《たど》り着くと、人の間に割り込もうとしたが、容易ではなかった。

その場を離れようとする女性がいたので、

「すみません」

と、茜は声をかけた。「何か事故でも？」

「え？　――ああ、何だか軽トラックにひかれたらしいよ」

と、その女性は言った。「私、見たわけじゃないけど、トラックの前に飛び込んだんだって」

「自分から？　それじゃ……」

「今は色々大変だものね。ノイローゼになったんじゃない？」

「あの――」

どんな人でしたか、と訊《き》こうとしたが、相手はさっさと行ってしまった。しかし、今の話では、ひかれた人のことは見ていなかったようだ。

立ち止っていた人々も散り始めた。茜は胸苦しいほどの不安を覚えながら、人の間をすり抜けて前に出た。

救急車の隊員が、担架に人を乗せるところだった。良く見えなかったが――チラッと、スカートをはいた足が覗《のぞ》いていた。

茜は安堵《あんど》した。もちろん、工藤佑二かもしれないと思う理由はあったにせよ、まさか……。

見当違いでよかった！　けがをした女性は気の毒だが。

社へ戻ろうとして、向きを変えると、目の前に工藤佑二が立っていた。


三木は、カレー専門のチェーン店に入って、カツカレーを注文したところだった。

セルフサービスではなく、一応テーブルに運んできてくれる。もちろん出てくるのが早いことは言うまでもなく、椅子にかけてテーブルに置かれた冷水をカップに注いでいると、カツカレーが来た。

――あの石元早織の屋敷で、

「よかったら夕飯でも」

と言われたが、いくら何でもそこまでは、と思って、

「帰ってからやることもありますので」

と、石元歓に断って、石元邸を出た。

門の所まで、早織が送ってきてくれた。

「寒いから、気を付けてね」

と、早織は手を振った。

「君こそ、中へ入らないと風邪ひくよ。――色々ありがとう。こんな屋敷は初めて入ったよ」

「また、いつでも来てね。必ず誰かはいるから」

「ありがとう」

と、くり返して、「また図書館で」

と、手を上げて見せた。

少し行って振り返ると、もう扉は閉っていた。――妙なことだが、三木は屋敷がそこにちゃんとあるのを見てホッとしていた。

何だか、振り向くとそこにはただ雑木林があるだけ……。そんなことが起りそうな気がしていたのだ。

「しっかりしろ」

と、カツカレーを食べながら、三木は自分に言い聞かせた。

七十歳の身で、十六歳の女の子の世界に取り込まれているような気がして、不安だった。確かに、それだけのふしぎな魅力が、早織にあることは事実だった。もちろん、男と女という興味ではない。

同じ文学好きな「同好の士」とでも言おうか……。ともかく、どこか現実離れした娘であることは間違いない。

「誰だ？」

カツカレーを半分くらい食べたところで、ケータイに着信があった。――公枝からだ。

周囲に客は少なかったので、少し声を小さくして、

「どうした？」

と言った。

「お父さん……」

公枝は泣いているようだった。

「おい、どうしたんだ？　大丈夫か」

「主人が……」

「佑二君が？　何かあったのか」

一瞬、不安がよぎった。

「大丈夫だったの。でも――茜さんのおかげで……」

「茜さんの？　落ち着いて話せ」

公枝は涙を拭《ふ》いているようだったが、やがて、工藤佑二が出社せず、茜の勤め先の近くに行

っていたこと。そこでトラックに飛び込む女性を見てショックを受けたことを話した。そして……。

「――じゃ、佑二君は今、茜さんの会社にいるのか」

「ええ。迷惑かけちゃって……」

「仕方ないさ。それじゃ――僕が迎えに行こうか？」

「そうしてくれる？　私……あそこまで出かけて行く元気がないの」

「分るよ」

工藤佑二が、これで会社を辞めることにでもなったら……。公枝の不安も分る。しかも身ごもっているのだから。

「分った。今、外で晩飯を食べてるんだ。これからすぐ茜さんの会社に行って、佑二君を連れて行くよ」

「ごめんなさい。こんなことで……」

「父親はこき使うものさ。心配するな」

「お願いね」

公枝は、いつになく心細げに言った。

三木は急いでカツカレーを平らげてしまうと、外に出た。

駅へ向って歩きながら、茜のケータイへかけた。

「――お義父《とう》さん、今、公枝さんから電話がありました」

「すまんね、忙しいのに」

「いえ、私も席から離れられないので」

「うん、分ってる。これからそっちへ行って、佑二君を家まで送って行くよ」

「よろしくお願いします。私もそれで安心です」

「今、佑二君は？」

「編集部の隅にいてもらってます。みんな忙しいので、別に気にしていません」

「ありがとう。――今、駅についたところだ。よろしく頼むよ」

三木は、電車に揺られながら、佑二に何と声をかけようかと考えていた。

なぜ出社しなかったのか、と訊くのは酷なように思える。うつの身に、「なぜ元気をだせないのか」と訊いたところで、答えられるわけがない。

ともかく、今日は何も言わずに、公枝の所へ帰そう。

公枝の家まで佑二を送って行ってから団地に帰ったら、大分おそくなるだろうが、仕方ない。

妊娠中の公枝に、少しでも負担になるようなことはさせたくなかった。

――茜の勤めている出版社のビルは、かつて仕事で出向いた商社の隣で、よく知っていた。

ビルに入ったところで、茜のケータイにかけた。

少し待つと、エレベーターから、茜と一緒に工藤佑二が降りて来た。

「お義父さん」

「やあ、来たよ。中に入るのは初めてだな」

と、三木はできるだけ明るい口調で言った。

佑二は半ばうつむいて、無言だった。

「ごめんなさい、お義父さん。今、打合せの最中なので」

「ああ、大丈夫だよ。もう行ってくれ」

「それじゃ。――佑二さん、風邪引かないでね」

「どうも……」

佑二はちょっと茜の方へ会釈した。その仕草には、営業マンのころのスマートな印象が残っていた。

茜が急ぎ足でエレベーターへと姿を消すと、佑二は、

「すみません」

と、三木に頭を下げた。

「さあ、帰ろう。公枝が心配してる」

「ええ」

外へ出ると、風が一段と強くなった。

「――佑二君」

思い付いて言った。「何か食べたのか？　腹減ってるんじゃないか」

「あ……編集部でドーナツを一つもらいました」

「それだけじゃ……その辺で何か食べて行くか？」

「じゃあ……熱いうどんでも」

「うん、そうしよう」

もちろん三木はカレーを食べたばかりだったが、少しでも佑二の気が楽になるかと思って、

ビルの地下街のうどん屋に入った。

自分はざるそばを取って、佑二が熱いうどんをホッとした表情で食べているのを眺めた。

上着を着ていたので、札入れがポケットにあった。そっと取り出して、中身を確かめる。

――これだけあれば。

「――まあ、タクシーで帰ってきたの?」

玄関へ出て来た公枝は目を見開いた。

「疲れてたんだろう。タクシーの中で、ぐっすり眠ってたよ」

三木は、奥に着替えに行った佑二の方を気づかいながら、「今夜は何も言わずにいた方がいいだろう」

「ええ、分ってるわ。一番辛《つら》いのはあの人自身よね」

「じゃ、俺はもう行くよ。タクシーを待たせてる」

「散財させたわね」

「凍えて風邪をひくよりいいさ」

「ありがとう、お父さん」

公枝は玄関の外まで出て来た。

「また先のことは相談しよう」

「うん。じゃ、気を付けてね」

公枝も大分落ち着いた様子で、三木はホッとした。

タクシーを待たせているのは本当だった。しかし、ここから団地まで乗って行ったらいくらかかるか分らない。

近くの駅で降りることにした。

帰ったら、熱い風呂《ふろ》に入って寝よう。そう考えて、寒さをこらえることにしたのだ。

しかし――佑二は仕事に戻れるのだろうか？　あのまま辞めてしまったら、公枝は……。

「心配しても仕方ない……」

人気のない駅のホームは、吹きつける木枯しを防ぐ手立てもなく、三木は電車が来るのを、ただひたすらに待ち続けた……。

7　冷たい床

ここだ……。

そのマンションは、記憶の中にあるよりはいくらかくすんで見えた。

三木が仕事でこの辺りへ通っていたのは、もう二十年も前のことだ。当時はモダンで輝くようにそびえていたそのマンションも、周囲にもっと新しいビルがいくつも建って、華やかな印象の中に埋もれつつあった。

「ずいぶん変ったな」

と、三木は呟《つぶや》いた。

商店街は今も同じ場所だが、店はいくつも変って、しかもこの不況のせいだろうか、閉めたままの所もいくつか目につく。

しかし——俺は何しに来たのか。

麻布の一画に、殺された加納祥子のいたマンションがある。かつての同級生、北川京子からここを聞いて、やって来た。

当時も、この辺きってのの高級マンションだったし、今もそれは変らないだろう。

そこに暮していた祥子に、一体何があったのか。——三木には知りようもないことだ。

「ああ、ここが……」

営業に回っているとき、よく息抜きに入った喫茶店が、そのまま残っていて、三木は懐しさもあって入ってみることにした。

「いらっしゃいませ」

という声が耳に入ると、一瞬、三木は立ち止ってしまった。

同じ声だ。カウンターの中の白髪のマスターは、むろん老けてはいたが、同じ姿で立っていた。

「どちらでもどうぞ」

空いた店内を見回している三木に、マスターの奥さんは声をかけた。

三木は奥の方の席についた。あのころは、昼間も結構混んでいて、好きな席に座れることは珍しかったものだ。

「いらっしゃいませ」

と、水のグラスを置くと、「ご注文、お決りですか?」

メニューといっても、選ぶほどのものはない。

「今日のブレンドで」

と、おしぼりで手を拭《ふ》く。

熱いおしぼりが、冷えた指に心地良かった。

「ブレンド一つ」

と、カウンターの方へ声をかけてから、「――もしかして、以前おいでじゃなかったですか?」

三木は奥さんを見上げて、

「よく分りますね。もう二十年くらい昔ですが、よく来ましたよ」

「まあ、やっぱり! 何だか入って来られたときから、そんな気がしてました」

大分胴周りは太めになって、髪は赤く染めているが、

「奥さんも変りませんね」

と、三木が言うと、笑って、

「この年齢《とし》でも、お世辞は嬉《うれ》しいですね」

と言った。「まだお仕事で?」

「いや、とっくに辞めてますよ。七十ですからね、もう」

「あら、そうは見えませんよ」

「どうも。――しかし、この店があって、嬉しかったな」

三木は、店内を見回して、「――そうだ、あの壁に飾ったレコードジャケット、変ってないんじゃないですか?」

「今さら変える気にもね……」

と、奥さんは微笑んで、「今年一杯で、店を閉めることにしたんですよ」

「それは……」

「私どもも年齢ですしね」

「そうでしたか」

と、三木は肯《うなず》いて、「間に合って良かった」

「この辺にお住いなんですか?」

「いえ、大分遠くです」

と三木が答えたのと同時に店の扉が開いた。

「いらっしゃいませ」

と、奥さんが入口の方へ目をやって、「あら、またあなたなの」

と言った。

重そうなショルダーバッグを肩に、ジャンパーとジーンズ。二十七、八かと見える女性だった。

「何も話すことなんかないよ」

と、カウンターの中からマスターが言った。

「その後、何か思い出したこととか、ないですか」

と、その女性は言って、入口近くの席にかけた。「ブレンド、お願いします」

「はいはい」

その女性は、おしぼりで顔を拭くと、

「風、冷たいですね」

と言った。

誰に向って、というでもなく、

「あの人も、寒い中で辛かったでしょうね」

「何か記事の種は見付かったのかね」

と、マスターがコーヒーをいれながら訊いた。

三木のコーヒーが来て、クリームを入れる。

「一向に」

と、その女性は言った。「あのマンションも出入りが多いんです。賃貸ですから、二、三年で出る人とか……」

「加納さんは長くいたんじゃないか」

マスターの言葉に、三木のカップを持つ手が止った。

「ええ。でも、ホームレスになる前のことを、同じマンションの人に訊いても、何も言ってくれません」

「そりゃそうよ、あなた」

と、奥さんが言った。「週刊誌は大げさに書くって、みんな思ってるもの。用心するのよ」

「でも、嘘は書きませんよ、私」

と、女性は心外という様子で、「ただ上の方が、大げさで人目をひくようなタイトルにしちゃうんです」

週刊誌の記者か。――加納祥子が、あのマンションにいたことを突き止めて、彼女に何があったのか、調べているらしい。

「どうも」

コーヒーをブラックのまま飲むと、「このまま何もつかめなかったら、もう諦《あきら》めるしかないです」

「確かに、あの人はときどきここでコーヒーを飲んで行ったよ。しかし、あれこれおしゃべりするタイプじゃなかった。たまたま名前は知ってたが」

と、マスターは言った。「面白い話はないよ。よそを当ってくれ」

「ご主人は一緒でした?」

「いや、いつも奥さん一人さ。ご主人の姿は見かけなかったね」

「でも、いやな話ね」

と、奥さんが言った。「ホームレスの女性を殺すなんて。大方、『誰でもいい』っていう変な男よ」

「まだ犯人の手掛りないみたいですものね」

「そういえば、刑事が来たよ」

と、マスターが言うと、女性記者は身をのり出して、

「何か言ってました?」

「いいや。この辺の店を訊いて回ってるみたいだった。加納さんが来てたと聞いて、しつこく『何か人と争ってるとか、言ってなかったか』って訊いてた」

「そうですか。でも、ホームレスになって、もう三年たってたんでしょ。マンションにいたころは、まだ……」

「詳しいことは知らないよ」

と、マスターは首を振って、女性記者の方へ背を向けてしまった。

「もう諦めて帰ったら?」

と、奥さんが言った。「犯人はその内、刑事さんが捕まえてくれるわよ」

「それじゃ仕事になりません」

と、記者の女性は口を尖《とが》らして、「ね、何か分ったら、教えて下さい。ちゃんとお礼はしますから」

と、名刺を出して、

「〈週刊F〉の飯田《いいだ》みなみといいます。私は警察じゃないので、犯人を逮捕するのが目的じゃありません。あの高級マンションに暮していた奥さんが、どうしてあんなことになったのか、そっちを知りたいんです」

と、熱心に言ったが、却《かえ》ってマスターは気を悪くしたようで、

「人の不幸を暴いて面白いかね。そんな記事は、どうせみんな読んでもすぐ忘れちまうんだ。コーヒーを飲んだら出てってくれ」

と、にべもない。

「私、そんなつもりで……」

と、飯田みなみという女性記者は言いかけたが、奥さんが黙って首を振って見せたので口をつぐんでしまった。

そして、後は黙ってコーヒーを飲んでしまうと、

「お邪魔しました」

と立ち上った。

そのとき、扉が開いて入って来たのは——あの図書館で三木に質問して来た刑事だった。名刺をよこしたっけな。しかし何という名だったか、ろくに見もしなかった。

三木は、目を合わせないようにしたが、小さな店内だ。

「刑事さん、まだ何か？」

と、マスターが訊く。

飯田みなみがまた腰をおろした。

「加納紀夫《のりお》がいなくなったようでね」

と、刑事は言った。

「それは、あの奥さんの旦那《だんな》さんですか？」

「そうだ。ここへ立ち寄らなかったか？」

「まさか。——それに見たって分りませんよ。会ったこともないんだから」

しかし、刑事はマスターの言葉を信じていないようだった。

「知ってることがあったら、隠さずに話してくれよ」

「どうして私が隠しごとなんか……」

「まあいい。何かあったら、川崎《かわさき》まで連絡してくれ」

川崎。そうだ。川崎という名だった。

四十前後か、どことなく暗い印象のある男だった。

川崎は、そのまま三木の方を見ずに出て行った。三木はホッとしたが、どことなく、あの刑事の様子が気になっていた。

わざと三木の方を見ていなかったような気がしたのだ。

あのとき、三木の名前と住所を訊いていた。——三木のことを調べるのは簡単だろう。

そして、祥子と同じ高校だったことも、知っているかもしれない。

長年の営業の経験から、三木は人が隠しごとをしている雰囲気に敏感だった。

三木は、店を出ようとしている女性記者、飯田みなみに、

「ねえ、君」

と、声をかけた。

「——私ですか？」

「うん。ちょっと頼んでいいかね」

「何でしょう？」

「一旦《いったん》外へ出て、今の刑事さんが表にいたら呼んで来てくれないか」

飯田みなみは面食らった様子だったが、言われた通りに店を出て行った。

マスターと奥さんが、ふしぎそうに三木を見ている。そしてすぐに、あの刑事が飯田みなみと一緒に戻って来た。

「――どうも。三木さんでしたね」

「ええ。図書館で……」

と、三木は言った。

「どうしてこのお店に?」

「昔、よく入ったんです」

と、三木は言った。「ご存じなのでしょう? 亡くなった加納祥子さんは、高校の同級生でした」

「あのとき、なぜ知らないと――」

「知らなかったからです。彼女の顔をよく見なかったし、たとえ見ても分らなかったでしょう」

三木は同じクラスだった北川京子からの電話で、あのホームレスの女性が誰だったか、そして、あのマンションにいたことも知ったと説明した。

「今は馬場という名だそうです」

と、三木は京子の連絡先を告げた。

川崎刑事はちょっと皮肉っぽく微笑んで、

「先手を取られましたな」

と言った。

「そんなつもりはありません」

と、三木はあくまで冷静に言った。「本当のことをお話ししているだけです」

「まあ、今のところ、あなたを疑う理由はありませんがね」

と、川崎は言った。「しかし、あなたの住んでいる団地のすぐ近くに、たまたま彼女が来たというんですか?」

「私には分りません。こちらが知りたいですよ」

川崎は肯いて、

「いいでしょう。必要があれば、連絡します」

と言うと、飯田みなみの方を見て、「記者か。マンションの住人に迷惑かけるなよ」

明らかに見下している口調に、みなみはムッとした様子だったが、口を開く前に、川崎は出て行ってしまった。

「本当に感じの悪い奴!」

と、みなみは怒ったように言うと、「――三木さん、でしたっけ。お話を聞かせていただいても?」

「いいけど、今、刑事に話したこと以外は何もないよ」

と、三木は言った。

「でも、亡くなった加納祥子さんの、高校時代のこととか……」

「記事にしてもらっては困る。どんな想像をされるか分らないからね」

「信用してくれないんですね」

と、みなみはため息をついて、「私、本当に祥子さんがどうしてあんなことになったのか、知りたいんです」

三木は、彼女が涙ぐんでいるのを見て、ちょっと驚いた。

「君の言葉を信じないわけじゃないよ。それより、あの刑事の言ってたことが気になった」

「ご主人がいなくなったって……」

「そうだ。――君、加納紀夫という人のことを何か知ってるのか?」

「いくらかは。奥さんと同じ七十歳だそうですが、今でも現役の医師です」

三木はじっと自分を見つめる飯田みなみの視線に、とても真っ当な思いを感じた。

「――分った」

と、三木は肯いて、「話をしよう。お互いに、知っていることをね」

「ありがとうございます!」

と、みなみは微笑んだ。

その笑顔は、三木の気持を温めてくれるものだった……。

中へ入るのは初めてだ。

この類の高級マンションは、高度なセキュリティがポイントになっているので、玄関からロビーへ入っただけでも、受付の女性に呼び止められる。

大理石の床は冷たく光っていた。

三木は足を踏み入れるのを少しためらったが、飯田みなみは意外にもさっさとロビーへ入っ

て行くと、

「やあ」

と、受付にスーツ姿で座っている女性に、気軽に声をかけた。

「またですか？」

「今、聞いたの。加納さんがいなくなったって？」

「どこで聞いたんですか？」

と、目を丸くしている。

「喫茶店に来た刑事が言ってた」

「でも……」

受付の女性は三木の方を気にしている。

「三木さん。この子、私と大学で同じサークルにいたんです」

と、みなみは言った。

北畑弥生《きたばたけやよい》という受付の女性は、

「でも、みなみさん。他の人を中に入れられると……」

「分ってる。弥生に迷惑はかけないよ」

みなみの方が先輩ということらしい。三木のことを、みなみは説明した。

「――そうでしたか」

と、北畑弥生は言った。「でも、加納さんのことは、連絡が取れないっていうだけで、何か急な用で出かけてらっしゃるのかもしれません」

「奥さんのこと――亡くなった祥子さんのことは知っていた?」

と、三木は訊いた。

「いえ、私はまだそのころ新人で、マンションの住人の方たちの顔と名前を憶《おぼ》えるだけで必死でした」

「そのころ、というのは、祥子さんがマンションを出て行ったころ、ということだね」

「ええ。いつ出て行かれたのか、全く知らなくて。――何だかお見かけしないなと思っていたら……。受付の先輩から聞いたんです。『奥様は出て行かれたのよ』と」

「理由については?」

「分りません。ともかく、ここは芸能人も多くて、住んでいる方のプライベートは絶対に口にしてはいけない、と厳しく言われていますので」

「いや、僕も祥子さんとは高校以来、会ったこともないんだ。ただ――刑事には疑われているだろう」

「あの、川崎って人ですね? 私もネチネチやられました」

と、弥生が顔をしかめた。「訊かれてる内に、何も知らないことが申し訳ないような気にさせられるんですよね」

「加納さんのご主人はどこの病院にいるのか知ってる?」

「ええ、それは。N医大病院です。あの病院とは、このマンション、定期健診とかで協力関係なんです」

「N医大か。――近くだね」

「地下鉄で駅二つです」

と言って、弥生は、「ごめん、みなみさん。この受付の同僚がもう戻ってくる」

「分った。じゃ、もし何か分ったら――。でも、無理しないで」

みなみがそう言って、三木と共にマンションから出ると、ほとんど同時に、同じ受付の女性が角を曲ってやって来た。

話しかけられるのを避けたのか、みなみがその女性へ背を向けて歩き出し、三木はあわててついて行った。

「――今日は戻るよ」

と、三木は言った。「少し疲れた」

何といっても七十歳だ。

しかし、むしろあの刑事と話をしたことでくたびれた、と言った方が正しいかもしれない。

「話はまたの機会にしよう。君も頑張ってくれ」

「ありがとうございます。――今、現場はどうなってるんですか?」

「以前の通りさ。何もなかったかのようにね」

みなみは、何か新しい情報が入ったら、三木に連絡してくれると約束した。

――帰宅する途中で、ケータイに娘の公枝から電話が入っていたことに気づいた。

駅のホームで電車を待ちながら、連絡してみる。

「やあ、どうだ。佑二君は」

と、すぐに訊いた。

「それが……」

と、公枝が口ごもる。

「何かあったのか？　具合が良くないのか」

「いえ、そうじゃないの」

と、公枝は言った。「実はね……。彼に恋人がいたって分ったの」

三木は絶句した。――何かが起きるときは、次々と重なるものだ……。

8　訪問者

玄関の鍵《かぎ》をあけて、暗い部屋の中へ入る。

もちろん、室内は寒い。

三木はコートのまま、部屋の明りをつけて、暖房のスイッチを入れた。部屋が暖かくなるにはしばらくかかる。

しかし、コートを着たままでいると、帰宅した気分になれない。

コートを脱いで、上着は着たままでソファに身を任せる。

夕飯は駅前で済ませて来た。

娘の公枝から、夫が浮気していたと聞かされてびっくりしたが、すぐに公枝の所へ駆けつけるだけの元気はなかった。

後で電話するよ、とだけ言って、帰って来た。

加納祥子が住んでいたマンションを見に行くだけのつもりだったのだが、川崎という刑事に会ったり、飯田みなみという女性記者に会ったり……。

いい加減くたびれていて、公枝のことは心配だが、すぐにはどうしてやることもできなかった。それに、夫、佑二の浮気は夫婦の問題だ。

逃げるわけではないが、三木が工藤佑二を叱ってみたところで、役に立つまい。

おそらく——しばらくして、体も少し暖まってくると、やっとあれこれ考える余裕ができるのだ。

仕事上で冷遇されて、うつになり……。

そんなとき、誰かが慰めてくれたとか、そんなところだろう。

そういうとき、つい頼ってしまう気持も分らないではない。しかし、公枝にしてみれば、

「会社には行けないけど、浮気はできるのね」

と言いたいのも当然だ。

ともかく、今、公枝は大事な体だ。ストレスを抱えるのは良くないだろう。

「今は面と向って責めないで、少し時間を置け」

とだけ、公枝に言ってやった。

佑二がまた家を出てしまうと厄介だ。

三木は、やっと動く気になれた。

とりあえず風呂《ふろ》で暖まってからにしよう。

熱いお湯に浸《つ》かると、ホッとして目を閉じた。

このまま眠ってしまいそうだ。――いや、だめだ！　溺《おぼ》れ死んでしまう。

佑二の浮気の相手はどんな女なのか。

「ああ……」

と、ため息と共に呟《つぶや》く。「明日は行ってやらないとな……」

公枝を励ます意味もあってのことだ。

風呂から上ると、もう寝る元気しか残っていなかった。

ベッドに潜り込むと、アッという間に三木は眠ってしまっていた……。


どんなにくたびれていても、七十にもなると、八時間も九時間も眠ってはいられない。いや、人にもよるのだろうが、三木は五時間も眠ると目が覚めてしまう。

この朝もそうで、公枝のことを考えると気が重かったが、ケータイを手に取ってみると、公枝からメールが入っていた。

〈心配かけてごめんなさい。

今日はお友達と会うことになってるので出かけるね。もし連絡してもらうと悪いので、念のため。公枝〉

「――何だ」

公枝の所へ行かなくて良くなったので、三木はホッとした。

大方、友達相手にグチをこぼしに行くのだろう。

三十分ほどベッドの中で過してから、起き出す。

そういえば、ゆうべは茜と全く顔を合わせなかった。

台所へ行くと、トーストを食べて出て行ったらしいと分る。——よく頑張るものだ。

欠伸《あくび》しながら、洗面所へ行った。

「——図書館に行くか」

外はよく晴れていた。見たところ、風もなさそうだ。

もちろん、気温は低いだろう。

しっかり防寒のスタイルになって、十一時ごろ出かけた。

団地の中は静かだった。外で遊ぶ子供も少ない。

石元早織のことを思い出した。今日は図書館へ来るだろうか?

しかし、三木は少し一人になりたかった。人に気をつかいたくない。

どんなに気のおけない間柄の相手でも、話したくないという日があるものだ。

そうだ。——今日は図書館で、あまり気の重くならない本を。海外ミステリーあたりの絵空事の世界に遊ぶことにしよう。

作中人物が、殺されようが恋をしようが、一切責任を読み手が負わされずにすむ。そんな楽しみを与えてくれる本というのも貴重なものだ……。

風はほとんどなく、日射しが体を暖めてくれる。気持のいい日だ。

小春日和、とはこんな日のことを言うのだろう……。

三木は足を止めた。

あのベンチに、誰かが腰をおろしている。何だか、急に日がかげって、ひんやりとした空気に入れ替ったような気がした。

しかし、もちろん、そこはただのベンチであり、置かれているのは誰かに座ってもらうためなのだ。だから、人が腰かけているからといって、特別の意味はない。

ただ――たぶん、そこで一人の女が刺し殺されたことを知らずに腰をかけたのだろう、とは考えられる。知っていたら、気軽には腰をおろせまい。

分厚いオーバーコートを着た、若い女性だった。二十歳ぐらいだろうか。もっとも、七十の三木にとって、若い女性の年齢は見当がつかないのだが。

三木は、ほんの数秒立ち止っていただけで、また歩き出した。図書館で何の本を借りようかと考えながら。

しかし、そのベンチの前を通り過ぎるとき、つい目がそっちへ向くのを止めることはできなかった。

そして、その女性も三木の方を見たのである。ほんの一秒の何分の一か、二人の目は合った。それだけだった。三木は真直ぐに足を運ぼうと――。

「あの」

と、声がした。「すみません。――ちょっと」

一瞬、聞こえなかったふりをして行ってしまおうかと思ったが、足を止めてしまったのでは、そうもいかない。

振り向くと、

「僕を呼んだ？」

「はい、ごめんなさい」

ベンチから立ち上って、その女性は言った。

「いや、何か……」

「この辺にお住いですか」

「ああ……。この先の団地にね」

「じゃ、ご存じですか。女の人が亡くなってたベンチって、ここ……でしょうか」

「そうですよ」

と、三木は肯《うなず》いた。

「そうですか……」

女性はまた腰をおろした。「それらしいベンチって、他になかったんで、これかな、って。

──ありがとう」

ちょっと目を伏せるようにして言った。

「いや、別に」

もう用はない。ニュースで見て、好奇心から来てみただけだろう。

そういう変ったことの好きな若者もいるのだ。だが……。いつの間にか三木は、

「どうしてそのベンチに？」

と訊《き》いていた。

「あの……」

と言ったきり、しばらく続けなかったが、三木を見つめると、「――ここで亡くなったの、私のおばあちゃんだったんです」

と言った。

確かに、加納祥子も七十歳だったのだ。子供も孫もいておかしくない。

しかし、全くそんな話を聞いていなかったので、三木は何となく、彼女に子供はいなかったと思っていた。

あのマンションでも、夫婦の子供の話は出なかった。孫がいるとは全く……。

考えてみれば、この娘が二十歳ぐらいとして、祥子の娘は四十代になっているだろう。あのマンションに住んでいなくてもふしぎはない。

「ニュースで見て、初めて知って……」

と、その女性は言った。「びっくりして、ここへ来てみたいと……」

そして三木の方へ、

「すみません、お呼び止めして」

「いや……、君は、加納祥子さんのお孫さんか」

三木は少し歩み寄って、「僕は祥子さんと高校のとき、同級生だったんだ」

「え?」

「君の親ごさんは……」

「母が、栄江《さかえ》といって、おばあちゃんの一人娘でした。栗田《くりた》栄江。私は純代《すみよ》といいます」

「――そうか」

やはり、このまま行ってしまうわけにいかなかった。

「ここじゃ寒いだろ。少し話を聞かせてくれるかい？」

三木は、あの石元早織に教えてもらった喫茶店に、その娘を連れて行った。


「――おいしい」

コーヒーをそっと一口飲んで、栗田純代はホッと息を吐いた。

「うん、確かにね」

と、三木は肯いて、チラッとマスターの方へ目をやった。

向うも彼女の言葉が耳に入ったとみえて、三木の方を見たので、一瞬目を合せることになり、マスターは口もとに笑みを浮かべた。

「――こういう喫茶店って、今はあまり見ませんね」

と、純代は言った。「私も、ほとんど〈スタバ〉ばっかり」

「祥子さんの住んでいたマンションの近くには、一軒こんな感じの店があるよ」

と、三木は言った。「あのマンションのことは――」

「麻布の、ですね。話は聞いたことがありますけど、行ったことはありません」

「お母さんのご両親が住んでるのに？」

「母は――駆け落ちしたんです」

「そうか。お父さんは栗田さんというんだね」

「栗田修介《しゅうすけ》といいました」

と、純代は過去形で言って、「もう亡くなりました」

と続けた。

純代の言い方には、何か言いにくい事情を押し隠している気配がある。

しかし、三木には、それ以上立ち入ったことを訊くのをためらう気持もあった。

祥子がああいう最期をとげたのには、何かよほどのわけがあったのだろう。しかし今、自分がそれを知ってどうする？

三木としては、あの川崎という刑事から、殺人犯と見られることでもない限り、祥子の身の上に係りを持つのはためらっていた。

もう七十になり、年金の他は退職金を少しずつ取り崩している暮しである。祥子について、あれこれ知りたい思いがなくはないが、知ったからといって、どうするわけでもない。

むしろ、今は娘の公枝や、いなくなった息子の浩一、必死に仕事に打ち込んでいる茜のために何ができるかの方が問題だったのだ。

「おばあちゃんは、どうしてあそこで……」

「それは分らないんだよ」

三木は、かつての同級生に教えられるまで、祥子だということを知らず、また彼女からも連絡を取って来たことはなかったと説明した。

「どうも、偶然としか思えないんだよ」

と、三木は言った。

「そうですね」

と、純代は肯いて、「でも、どうしてあんなことに……」

「その点は僕も気になってる」

と、三木は言った。「医者の奥さんとして、あのマンションに住んで、余裕のある生活をしていたはずだ。それがどうしてホームレスに……」

そう言ってから、三木はふと思い付いて、

「君は、祥子さんと会っていたんだね？　わざわざこうしてやって来るなんて」

と言った。

純代は少しためらっていたが、

「はい。数年前までは、年に二、三度会っていました」

と言った。「でも、母には内緒で。母は祖父や祖母のことをずいぶん恨んでいました」

「それは駆け落ちすることになったから？」

「たぶん、そうだと思います。でも、その話は、母に訊いても何も言ってくれないんです」

「祥子さんも？」

「ええ、おばあちゃんも、そのことには触れませんでした。私も、何となく訊いちゃいけないことなんだな、と思って、口にしませんでした」

「そうか……」

――三木は向い合って話している内、自分が七十で、彼女が二十歳だということ（年齢を訊くのも、三木ほどの年齢になればセクハラにもならないと思って訊いていた）を忘れそうになっていた。

そして、その内に気付いた。なぜそんな風に感じるのかを。

栗田純代が、かつての加納祥子——いや、仁科祥子とよく似ていることに気付いて来たのである。

もちろん、高校生のころの祥子についての記憶は曖昧《あいまい》で、顔もはっきりは憶《おぼ》えていなかった。何しろ半世紀以上も昔のことである。

漠然とした印象でしかなかった〈仁科祥子〉が、こうして話している内に、目の前の純代と重なり合ってくるようだった。

そう、確かに、彼女はこんな様子だった。

訊いてはいけない、と思いつつ、三木は、

「君は今大学生?」

と訊いていた。

この子に関心を持って、どうしようというのだ。

自分にそう問いかけても、三木は答えることができなかった。それでもなお、

「君は今大学生?」

と、訊いていたのである。

「はい。S大の二年生です」

と、栗田純代は言った。

「そうか……」

加納祥子——いや、仁科祥子は、こんな風な女子大生だったのだろう。

大学生の祥子に会ったこともないのに、三木は今目の前にいる純代を、「祥子とそっくりだ」と思った。

考えてみれば妙な話である。三木は祥子のことを、高校生までしか知らない。

彼女がどんな大学生だったのか、見たこともないのだ。それでいて、純代を「祥子と似ている」などとは……。

ふっと我に返って、

「今はお母さんと二人なの？」

と、話題を変えた。

「ええ。母は通訳をしていて……。若いころイギリスに留学していたそうです」

「そうか。——いや、すまないね。色々訊いたりして。何しろ男の七十歳は暇なものでね」

あえて冗談めいた口調で言った。

「いいえ。お会いできて良かったです」

と、純代は言って、ケータイを取り出すと、「メールアドレスを伺っても？　何か分ったら教えて下さい」

「ああ……。いいとも」

本当は、三木も訊きたかった。純代とこれきり別れて連絡が取れなくなるのは残念だった。

しかし、三木の方から彼女のアドレスを訊くのはためらわれた。こんな年寄が、何の用があるのかと疑われそうな気がしたのだ。

それを、純代の方から言ってくれた。

三木は、純代のケータイのアドレスと番号を聞いた。

これ以上一緒にいては、どんなことを言い出すか、自分が怖くなって、三木は喫茶店を出ることにした。もちろん、三木が払って、

「ごちそうさまでした」

と、純代に言われるのは心地良かった。


「この図書館なんですね」

と、純代が足を止めて言った。

「ああ。一番安上りな趣味だね」

三木は、純代に「図書館に行くところだった」と話していた。

「それじゃ」

と、純代はちょっと改って、「ありがとうございました」

「こっちこそ。——会えて良かったよ」

「はい」

純代は、あのベンチにかけていたときとは違って、明るい笑顔になっていた。

「失礼します」

と、軽く頭を下げて、純代は駅への道を辿《たど》って行った。

三木は、図書館へ入ろうと思った。——思ったのだが……。

その場に立ったまま、純代の後ろ姿を見送っていたのだ。

何をしてるんだ？　馬鹿みたいに突っ立って。何だ？　みっともない。

すると、しばらく歩いて行った純代が、振り返った。まるで、三木がずっと見送っていることを知っていたかのように。

そして純代は三木に向って手を振った。まるで大学の友達にでもするように、手を振ったのである。

どうにも抑え切れなかった。

三木は、小走りに、純代を追っていたのだ。

「――駅まで送ろう」

と、三木が言うと、純代は黙って微笑んだ。

そして、三木が追って来ることを知っていたかのように、並んで歩き出したのである。

9　夜の足音

「小さな送別会」

〈週刊Ｆ〉の編集部ではそう呼ぶことになっていた。

週刊誌には、小さなコラムや情報欄がいくつもあり、そのほとんどは外部スタッフが担当している。そういう外部スタッフの中にも、かなり長いこと担当して、編集部とも顔なじみになっている者がいる。

そういうスタッフ——たいていは女性だが——が、結婚や出産などで担当を離れるとき、

「正規の編集部員ではない」が、長い付合だったから、と送別会をやることがある。

それを、「小さな送別会」と呼んでいるのである。

だから、編集長や副編集長といった幹部クラスは参加せず、直接仕事のやり取りをしていた、
記者たちで送別会をやるのだった。

「——よくやってくれたよね」

と、少し酔って、舌足らずになりながら、飯田みなみは言った。「ありがとう！　本当にありがたいと思ってるのよ！」

今度担当を離れるのは、四十を少し過ぎた、宗田久仁子《そうだくにこ》という女性で、シングルマザーだ。

「そう言ってくれると嬉《うれ》しいわ」

と、みなみとグラスを合せて、「いい記事を書いてね」

「うん！　久仁子さんは無理を聞いてくれた。ずいぶん苦労させたよね」

ほとんどが、フリーライターという不安定な立場の外部スタッフは、少しでも内容が退屈だとすぐに替えられてしまうので、みんな必死だ。

「本当、うちのデスクなんか、久仁子さんに任せっ切りにしといて、後で文句言ったりしてね。——ごめんなさいね、久仁子さん！」

と、みなみは言った。「あ、何か取ろうか。——ちょっと！　チャーシュー一皿ね」

宗田久仁子にコラムや情報欄を担当してもらっていた編集部員は、比較的若い。こうして集まっていると、上司に聞かれてまずい話が次から次へ出る。

「でも、久仁子さんは、他の雑誌で正社員になれるんでしょ？」

「いえ、それは……」

と、久仁子は口ごもって、「私、本当は〈週刊F〉の仕事、やめたくないの」

「え、そうなの？」

みなみたち、編集部員は顔を見合せた。

「だって、〈親父さん〉がそう言ってたよ」

〈親父さん〉とは編集長のことである。もっとも当人に向ってはそう呼べないのだが。

「そういうことにしろ、って言われてるの」

と、久仁子は言いにくそうに、「これ、絶対内緒ね。お願いよ」

「分った。じゃ、もしかして――」

「編集長さんの姪《めい》ごさんに、私のやってたコラムを回したいんですって。それで私を他の雑誌に行かせることに。でも、正社員なんかじゃない。ただの契約社員よ」

「ええ？　ひどい！　〈親父〉の奴、ぶん殴ってやる！」

酔って威勢がいいが、むろん本当のところは何もできはしないのである。

「その姪って、素人なの？　久仁子さんの代りなんかつとまらないんじゃないの？」

「やらせてみりゃいいわよ。出来がひどくて評判悪かったら、〈親父さん〉も後悔するでしょ」

口々にそう言っていると、

「――待って」

と、みなみは言った。「ね、久仁子さん、その姪ごさんって、本当に〈親父さん〉の姪なの？」

一瞬、周囲が黙って、

「――そうか！」

「きっとそうだね！」

姪と言っているが、実は編集長の「彼女」ではないのか。

「ふざけた話ね、全く」

みなみは欠伸《あくび》をして、「いやね。酔うと眠くなるのよね……」

「みなみ、ケータイ、鳴ってない？」

言われて気付いた。傍に置いたバッグの中で鳴っている。

あわててバッグから取り出すと、

「――もしもし！　――もしもし？」

「飯田さんですか？　北畑です」

あの麻布のマンションの受付の子だ。

「弥生ちゃん。どうしたの？」

と訊《き》くと、

「あの――今から来られます？」

北畑弥生の声はひどく真剣だ。

「え？　どこへ？」

「マンションの裏手です。あの──加納さんのご主人のことで」

いなくなってしまったという医者だ。

「いいけど……。何かあったの？」

「電話じゃ……。すみません、会って話したいんです」

どうやら本気で怖がっている様子だ。

「分った。すぐ行く。今、外だけど……二、三十分かな」

「近くに来たら、このケータイにかけて下さい。お願いします！」

早口にそう言うと、切れてしまった。

何だろう？　──しかし、放ってはおけない。

「ごめん！　ちょっと取材中の件で。私、行くわ。払ってくね」

急に、「仕事だ！」と思っても、そうすぐに酔いがさめるわけじゃない。

一体いくら払えばいいのか分らなくて、ともかく一万円札を二枚出して、

「明日精算して」

と言って店を出た。

ちょっともったいない、と思ったが、タクシーを停めて麻布方面へ向う。

「──経費で落ちるよね」

と、自分に言い聞かせている。

道が空いていて、十五分ほどでマンションの前に着いた。

しっかり領収証をもらって降りると、ケータイで北畑弥生へかけた。

マンションの裏手と言ってたっけ。――呼出音を聞きながら、マンションのロビーを覗《のぞ》いたが、夜遅いせいか、フロントには誰もいない。

裏手って、どこを回れば？　敷地内には入れなくなっているので、みなみは先の角まで行ってグルッと回ってみた。

ゴミの収集場所があった。ここが裏手なのだろう。

「――出ないわね」

ずっと呼出音は聞こえているのだが……。

一旦《いったん》切って、みなみは、

「弥生ちゃん！」

と呼んでみた。「――どこ？」

もう一度、ケータイへかけてみる。

すると――どこかで鳴っているのが聞こえた。近くだろうが、音はくぐもって小さい。

「え？」

ゴミ置場の中から聞こえてくるようだ。

「――弥生ちゃん、いるの？」

扉を開けて中に入ると、明りが消えていて、暗い。手探りでスイッチを押すと、少し間があって、照明が点《つ》いた。

ケータイが鳴っている。

「この中？」

金属製の大きなゴミ箱。その中らしい。みなみは重いふたを右手で開けた。ケータイの音がはっきり聞こえる。

そして――北畑弥生が体を丸めるようにして、中にうずくまっていた。目を見開いた白い顔がみなみを見上げている。

「弥生ちゃん……」

弥生の額から血が流れていた。もう生きていないことはひと目で分った。

こんなことが……。これって……夢じゃないの？

よろけて後ずさると、明りが消えた。みなみは悲鳴を上げた。

扉が閉っていたので、真暗になったのだ。

そして、足音がした。

みなみは膝《ひざ》が震えて、立っているのがやっとだった。

靴の音だ。扉の方から聞こえてくる。

「――誰？」

と、みなみは震える声で言った。

「黙れ」

と、男の声がした。「じっとしていろ」

扉が細く開いて、表の明りが少し射して来た。誰かが出て行こうとしている。

「動くなよ」

と、男が言った。「十分間、じっとしてろ。出て来たら、その女と同じ目にあうぞ。分ったか」

「ええ……」

「いいな。十分だ」

男が素早く外へ出て、扉が閉った。みなみは見当で明りのスイッチを見付けて押した。

十分?　――いや、男はとっくに逃げてしまったろう。

でも――もし本当に十分間、出た所で待っていたら?

そんなことはまずないと思いつつも、万が一、と考えてしまう。あの弥生の死に顔が目に焼きついていた。

殺された。殺されたのだ。

でも、どうして?

「――そうか」

ここから出なきゃいいんだ。――みなみはケータイで一一〇番通報した。

五分が過ぎて、やっと扉を開けると、こわごわ外を覗いた。もちろん誰もいない。

汗をかいていた。外気は冷たかったが、汗がこめかみを流れ落ちていった。

パトカーのサイレンが聞こえてくるまで、むやみに長く感じられた……。

珍しく、一緒に朝食を取った。

このところ、茜が忙しく、帰宅が深夜になるので、起きて来るのは十時ごろが当り前だった。

「――大丈夫かい?」

と、三木は茜の体を気づかった。「睡眠だけは、ちゃんと取らないと」

「ええ。会社でもときどき寝てますから」

と、茜はコーヒーを飲みながら、「どこででも眠れるんです、私」

「そいつはいいね。しかし、よく腰とか痛くならないね」

「少しはなりますよ。でも、みんなが頑張ってるから」

茜はトーストを食べながら、「公枝さんのこと、心配ですね」

「ああ。――君には心配することが沢山あるだろ。公枝のことまで……」

「でも、私だって、浩一さんのことが――」

と言いかけて、茜はやめると、「お義父《とう》さん、何かいいことでもあったんですか?」

そう言われて、三木は面食らった。

「どうして?」

「だって、何だか活《い》き活きしてますよ、どことなく」

「そうか?」

なぜか少し焦って、自分でいれたコーヒーをガブ飲みして、むせた。――何をあわててるんだ!

「もしかして、恋人でもできたんじゃないですか?」

と、茜がからかって言った。

しかし、その言葉に、三木がわざとらしく、

「年齢《とし》を考えてくれよ」

と言うのと同時に、テーブルに置いたケータイが鳴って、茜はパッと手に取ると、

「――はい。――うん、ゆうべ片付けたから、その件は。――そう？　じゃ、治子ちゃんから連絡しといて。お願いね。私はもうすぐ家を出るから。――はい、それじゃ」

茜が仕事の話をしているので、三木はホッとした。「恋人」の話をそれ以上しなくて良くなったからだ。

「治子ちゃんっていうのは、君の話によく出てくる子だろ？」

「ええ。芝田治子っていって、今……二十八かな。とてもよく気の付く子なんですよ」

茜が信頼しているスタッフなのだろう。三木は時計を見て、

「後はいいよ。出かけなさい」

「いつもすみません」

トーストの最後のひと口を食べて、コーヒーを飲み干すと、茜はすぐに席を立った。

身仕度して出勤して行くのに、二十分もかからない。編集者といっても、編集長の肩書があると、ある程度、どんな客に対応しても大丈夫な服装が求められる。

「お義父さん、今夜はもしかすると帰らないかもしれませんけど、心配しないで下さい」

と、出がけに言って行った。

「ご苦労さん……」

もう聞こえないのだが、玄関の鍵《かぎ》をかけながらそう呟《つぶや》いた。

台所で洗い物をして、一息つくと、公枝のことが気になって来た。公枝からは何も言って来

ていない。

しかし、夫の浮気という重い話をするには少し気持の余裕が必要だった。ソファにかけて、新聞を開く。

「恋人でもできたんじゃないですか?」

あの茜のひと言に、我にもなく動揺していた。いや、もちろん、「恋人」などできはしない。

ただ――あの栗田純代との出会いが、三木にとって、何十年ぶりかに胸をときめかせるものだったことは事実だ。

茜がひと目でそうと気付いたとは。

「俺も分りやすい人間なのかな」

と、三木は呟いた。

「今日は――どうするかな」

公枝と話してからのことだが、図書館へ行くか。

そうだ、少しじっくりと物語の中に身を浸してみようか。それが、今の七十歳にとっては必要なことなのかもしれない。

変にうわついて見られるようでは、困ったものだし……。

ともかく、まず公枝に――。

ケータイを取って来て、公枝にかけた。

しかし、呼出音がしばらく続いて、留守電のメッセージになった。

また後でかけよう。朝の内だ。まだ眠っているか、家事で忙しいのかもしれない。

ケータイをテーブルに置くと、すぐ鳴り出した。

「――ああ、今、忙しいのか？」

当然、公枝からだと思って出たのだが、

「あ……あの……」

「え？　公枝……じゃないのか」

「三木さん、ですよね。〈週刊F〉の飯田みなみです」

「失礼！　ちょうど今、娘に電話していたものだから。誰からか確かめずに出てしまった」

「そうですか。別に、そんなこと……」

「先日はどうも。――何か僕に用事で？」

「あの……とんでもないことが」

三木は初めて、みなみの声が普通の調子でないことに気付いた。

「どういうこと？」

「あのマンションの受付の子――私の後輩の子、憶《おぼ》えてます？」

「ああ。確か北畑といったかな」

「北畑弥生ちゃんです。彼女――殺されました」

三木は、しばらく黙ってしまった。

みなみの言っていることが、理解できなかった。

「今、『殺された』と言った？」

「ええ、ゆうべ遅くに」

「しかし……どうしてそんな……」

三木はともかく何か話していないと、動揺がおさまらなかった。「何があったんだ？　誰が一体――」

「まだ何も分りません。ただ、ゆうべ遅くに私、弥生ちゃんに呼び出されて……」

弥生の死体を発見したというみなみの話。

それを聞いても、まるで悪い夢を見ているようにしか思えなかった。

加納祥子が殺され、その夫が行方をくらまして、住んでいたマンションの受付の女性が殺された……。

一体何が起っているのだろう？

七十歳の今に至るまで、犯罪と呼ばれるものとは、万引一つも係ったことがないのに、突然、身近なところで、二人もの人間が殺されたのだ。

三木が、どう考えていいのか分らず、呆然《ぼうぜん》とするのも当然のことだったろう。

「――三木さん、聞いてます？」

みなみの言葉に我に返ると、

「いや、黙ってしまってごめん！」

と、三木はあわてて言った。「あんまりびっくりしたもんだからね」

「ええ、分ります。それで、お電話したのは――」

みなみは少し声をひそめて、「弥生ちゃん、いなくなった加納さんのご主人のことで話があるようだったんです」

「うん？　ああ――さっき、そう言ってたね。何か聞いたの？」

「いえ、会って話すと言われて……。結局何も聞いていないんです」

「そうか。全く、妙なことばかりだね」

と、三木はため息をついた。

「三木さん、気を付けて下さい」

唐突にそう言われて、三木は当惑した。

「僕が何か係ってると？」

「あの刑事さん、川崎っていう」

「ああ、憶えてるよ」

「あの人に訊かれたんです。現場で聞いた男の声は三木さんのものじゃなかったか、って」

「何だって？」

三木は愕然《がくぜん》とした。「それは――僕が犯人だということか？」

「あの刑事さんはそう疑ってるようなんです」

「馬鹿げてる！」

と、三木はつい声を荒らげたが、「いや、ごめん。君に怒っても仕方ないのに。それで君はどう答えたんだい？」

「もちろん、全然違うって言いました。本当に、三木さんの声とはまるで違って――そう、少ししゃがれた、年寄の声のようでした」

「僕も年寄だけど……」

「あ、でも三木さんの声は、若々しいですよ。とても七十とは思えません。だから川崎って刑事にもそう言いましたけど……」

三木にも察しがついた。

「川崎は、君の話を信じてない。そうだね？」

「口には出しませんけど、そう思ってるのが分りました」

考えてみれば、祥子がこの団地の近くで殺されたというだけで、三木を「怪しい」と思っていただろう。そこへ、もう一つの殺人だ。

三木を疑ってかかるのは、いかにもありそうなことだった。

「わざわざ知らせてくれてありがとう」

と、三木は礼を言った。

「でも、ショックです。私が加納さんのことを訊かなかったら、弥生ちゃんは殺されずにすんだのかもしれないと思うと」

「きっと犯人は見付かるよ。それより君も用心したまえ。帰りが遅いことも多いんだろ」

「怖いこと言わないで下さい！」

みなみの声は震えていた。

——通話を切ると、三木はしばらく考え込んだ。

三木には、祥子はもちろん、その女性も、殺すような理由はない。しかし、川崎がどう考えるかは別だ。

「アリバイか……」

一人暮しでないとはいえ、茜は毎夜帰りが遅い。特にゆうべは遅かった。

三木が犯行のあった時刻に、この団地にいたと証言してくれる人間はいない。——そう思い付くと、三木は居ても立ってもいられなくなった。

もし、警察署へ連行されて、何日も厳しい取り調べを受けたら……。もちろん、やっていないと主張はする。だが、これまで過酷な取り調べで、やってもいない犯行を「自白」させられた人間がいくらもいる。

何日も眠らせない、といった状況になったら、今、七十歳の三木としては、どんなことでも言わされてしまいそうな気がする。

「冗談じゃない!」

と、怒りをぶつけるにも、誰もいない。

「——そうだ」

本を読もう。心を落ちつかせるのだ。

三木はすぐに仕度をして、家を出た。

図書館へと急ぐ、——あのベンチの前も、目も向けずに通り過ぎた。

図書館に入って、柏木紀子の顔を見るとホッとした。

「——あ、三木さん」

「やあ。——今日は風がなくて気持がいいね」

と、三木はことさらに明るく言った。

しかし、柏木紀子は三木と目を合せないようにして、

「じゃ、図書館の中ではお静かにお願いします」

と言ったのである。

確かに、規則ではそうなっている。しかしわざわざこんなことを言われたことはない。

――そうか。

「結構です。ご自由にどうぞ」

「ありがとう」

三木は本棚の間を歩いて行くと、〈海外ミステリー〉の棚で足を止めた。

「どれにするか……」

と呟きながら、気付いていた。

斜め後ろの、三木の視野に入らない辺りで、人の気配があったのだ。

ドロシー・L・セイヤーズの本を取り出して、パラパラとめくっていると、すぐそばに立ったのは――。

三木はさりげなく隣を見て、それから意外そうに、

「川崎さん。――どうしてこんな所に?」

と言った。

「どうも」

川崎刑事は、あてが外れた様子で、「ちょっとお話が」

「僕にですか?　しかし――他の方も読書してらっしゃるんですから……」

「お手間は取らせませんよ」

「分りました」

肩をすくめて、三木は本を棚に戻した。

二人は図書館の表に出ると、

「隠しだてはしません」

と、川崎は言った。「ゆうべはどちらに?」

「家です。一人でね。同居している義理の娘は、忙しくて帰宅は夜中ですので」

「なるほど。——ゆうべ、また殺人がありましてね」

と、川崎は「また」というところに力を込めて言った。

「誰か殺されたんですか?」

川崎は、北畑弥生のことを説明して、

「知らなかったんですか?」

と訊いた。「彼女のことは……」

「憶えています。いかにも受付のプロという印象が。もちろん、訊いても住人のことは教えられないと言われましたが」

みなみから聞いていて良かった、と思った。——川崎は、三木が刑事を見て、どう反応するか、見たかったのだろう。

しかし、三木は慎重に、できる限り用心深く、地雷原を歩くように返事をした。

「——ここへ来られたということは、私のことを疑ってらっしゃるんですか?」

少し不愉快そうなところを見せておかなくては。

「いや、そういうわけでは――」

と言いかけて川崎は、「本当はその通りです。でなきゃ、ここへ来てませんからね」

と、苦笑した。

「私じゃありませんよ」

と、三木は言った。「信じてくださるかどうかは分りませんが」

「もちろん信じません」

と、川崎は当り前の口調で言った。「証拠と証人。それが揃わなくてはね」

「ご苦労さまです」

と、三木はていねいに会釈して、「しかし、見当違いとしか……」

「私もそんな気がして来ましたよ」

と、川崎は言って、「では、ここで」

――諦《あきら》めはしないだろう。

三木は川崎の後ろ姿を見ながら思った。

何とかしなければ。

何とか……。

10　嫌疑

遠ざかって行く川崎刑事の姿が視界から消えると、呪いが解けたように、三木はやっと息をついた。

俺は何もやってないんだ。――そうだ。何も刑事の姿にびくびくする必要なんかない……。

そう自分へ言い聞かせても、自分が疑われているという思いは、見えない足枷《あしかせ》のように三木の上に重くのしかかった。

そのとき――。

「三木さん」

と、呼ぶ声がした。「おじさん」

「ああ……」

振り返って、そこにハーフコートの石元早織が立っているのを見るとホッとした。

「早織君……。今日学校は……」

「今日はお休みなの。本当よ。サボったんじゃなくて、学校の創立記念日だとかって」

「そうか。図書館に？」

しかし、早織はそれには答えず、

「今、向うに行ったの、あの刑事さんでしょ?」

と言った。

「うん。見てたのか」

「というか、目に入ったんで、ちょっと隠れてた。感じ悪いんだもの、あの人」

と、眉《まゆ》をひそめる。「三木さんに用で来たの?」

「まあ……ね。ちょっとした殺人容疑でね」

やっと、そんなことを冗談めかして言えるようになった。

三木は図書館の中に戻ると、柏木紀子に、

「どうもありがとう。助かったよ」

と言った。

彼女がいつもと違う、よそよそしい態度を見せて、川崎が来ていることを教えてくれたからだ。

「本当にいやね。あの人、『三木が来たら、いつも通りにしろよ』って。だから私、いつも通りに、正しい対応をして見せたの」

「ありがとう。何とも……」

「何があったんですか?」

「例の殺されたホームレスの件とか、色々とね」

と、三木は曖昧《あいまい》に言って、「今日は帰るよ。また明日にでも出直してくる」

「ええ、寒いから気を付けて」

――三木は図書館を出ると、早織に、

「時間はあるかい？」

と言った。


「厄介ね」

早織は三木の話を聞くと、そう言ってさめたコーヒーを飲んだ。

いつもの喫茶店に入っていた。

事情を話しはしたものの、話しながら三木はつくづく情なくなった。

「こんな話を、孫みたいな君にして……。すまないね。迷惑をかけるつもりはないんだ。聞いてくれただけで……」

「そんなこと言わないで」

と、早織は少し強い口調で言った。「年齢《とし》なんか関係ない！　友達でしょ、私たち」

そう言われて、胸が熱くなった。そのことで、自分がどれほど孤立感に囚《とら》われていたか、知った。

もちろん、この十六歳の高校生に何ができるわけではないだろう。しかし、三木のことを心から信じていてくれる人がいる、という事実は大きな救いだった。

「――あの亡くなったホームレスの加納祥子さんのお孫さん、純代さんだっけ？　その人ともこの店に来たのね？　コーヒー、飲んだかしら？」

「うん。一口飲んで、『おいしい』と言ってたよ」

「じゃ、いい人だ。ね、マスター？」

と、早織が目をやると、マスターが黙って微笑んだ。

「三木さん、一人でいたくないときがあったら、いつでも私の家に来てね。私がいなくても、おじいちゃんか充子さんがいるわ」

「ありがとう。そうするよ」

と、三木は穏やかな気持になって肯《うなず》いた。

「でも――今の話だと、何だかいやな展開ね。いなくなったお医者さんの加納さんと、殺されたマンションの受付の人……」

「そうだ。加納さんのことで話があると言ってたんだから、殺されたのも何かそれとつながりがあるんだろうな」

「これからどうするの？」

三木はちょっと考えていたが、

「祥子さんが殺されただけじゃない。二人目の犠牲者が出て、しかも自分が疑われてるとなったら、じっと座って事件が解決してくれるのを待ってるわけにいかない」

と言った。「僕は探偵じゃないし、犯人と取っ組み合いをする元気もないが、少しでも真相に近付こうとするしかないね」

「私も手伝うわ」

と、早織は即座に言った。

「気持はありがたいが、犯人は受付の子まで殺している。危険なことだよ、君には――」

「友達でしょ。やれることはやりたい。何でも言ってちょうだい」

素直な言葉は何よりの力だった。

三木のケータイが鳴った。

「——ああ。公枝か。どうしてるかと思ってたんだ。大丈夫か？」

と、三木は言った。

「何だか、動く気になれないの。佑二のことを心配してたのに……」

「分るよ。今は自分の体のことを考えて。——え？」

「その女に会ってくれない？」

さすがに、三木もすぐには返事ができなかった。しかし、公枝に、

「お願いよ」

と言われると、いやとも言えず、

「しかし——会ってどうするんだ？」

「どんな女か見て来てほしいの。佑二とどういうつもりで付合ってるのか、訊《き》いてみて」

「まあ……行かないこともないが」

と、三木は気の進まないままに、「どこの何ていう女なんだ？」

話を聞いていた早織が、手早く手帳のページを破って、ボールペンと一緒にテーブルに置いた。

三木は、公枝の言うことをメモして、

「〈中沢美保《なかざわみほ》〉だな？　看護師？　じゃ、佑二君は——」

「どうして知り合ったのかは知らないの。そこまで詳しく話さない内に、言い合いになって、あの人、また出てっちゃった」

「しかし、どこの病院なのか分らないと……」

「ええ、それは聞いたわ。N医大病院ですって」

メモしながら、三木は気付いた。そこは加納祥子の夫が働いている病院ではないか。

「分った。看護師というと、勤務が夜だったりすることもあるだろう。会えるとは限らないが、ともかく行ってみよう」

「ごめんね。無理言って」

「いいさ。年寄にはいい運動だ」

と、できるだけ軽い口調で言った。


こうすぐに話が通るとは思っていなかった。

「中沢美保でございますか」

受付の女性は、ちょっとふしぎそうな表情でそう言ったが、「――では、そちらでちょっとお待ち下さい」

と示されたのは、診察を待つ人のベンチ。

すでに午後遅くなっているので、あまり座っている人はなく、それでも三木は、「患者でない」と分るように、わざと空いたベンチの端に腰をかけた。

看護師といっても、こんな総合病院には大勢いる。目の前を忙しげに行き来する白衣の看護師を一人一人目で追っていたら、疲れてしまった。

十五分ほどたった。

公枝の頼みで、やって来たものの、会ってどう言えばいいものかも決められず、待たされることで、むしろホッとしている三木だった。

公枝からの電話を切ったとき、どう察したのか、早織は、

「大人って、色々大変ね」

と、感心したように言ったものだ。

ともかく、まず自分の立場をはっきりさせないと、向うもどう対していいか分らないだろう……。


「——失礼ですが」

と、女性の声がした。「三木さんでいらっしゃいますか?」

「は……そうですが」

いや、この人ではないだろう。

「中沢です。私にご用と伺いましたが」

「え?」

当惑して、「中沢美保さん……」

「中沢美保は私ですが」

そこに立っていたのは、看護師でなく、きりっとした眼差《まなざ》しの女性で、どう見ても医師だった。

まさか、同姓同名？　一瞬そう考えたが、それよりも公枝の聞いた話がいい加減だった可能性の方が高いと思い直した。

「お忙しいところ、どうも」

と、三木は立ち上って、「私は三木といいます。娘の夫が、工藤佑二といいまして。――もしかしてご存じでしょうか」

その女性医師は、ちょっと目を見開いて、

「工藤さんの……。そうですか」

と肯くと、「じゃ、こちらへ」

と、三木を促した。

――医師たちの休憩室らしい部屋で、中沢美保は隅のテーブルに、セルフサービスのコーヒーを二つ持って来ると、

「どうぞ」

と、三木の前に置いた。

「はあ……」

三木は、公枝の話が何かの思い違いだろうと考え始めていた。

工藤佑二の名前を出しても、中沢美保は表情一つ変えるでもなく、

「それで、どういうご用件でしょうか」

と、まるで患者の話を聞こうとする医師の態度だったのだ。

「いや、実は……」

と、三木は気を取り直して、娘の公枝から聞いた話を、そのまま伝えた。

中沢美保は、特に気を悪くする風でもなく話を聞いていたが、三木が一通り説明し終えると、

「工藤君が、本当にそう言ったんでしょうか?」

と、訊き返した。「いいえ、お嬢さんが嘘をついていると言ってるわけじゃありません。ただ、何か誤解をされているのでは。――工藤佑二君とは、私、高校のときの同級生です」

「そうでしたか……」

「私は大学では医学部に進みましたから、工藤君とは当然会うこともなくなりました。今はこの病院の外科の担当です」

いかにもプロらしい落ちつきを感じさせる女性だった。工藤佑二と同級生だったというから、四十二歳か。

「確かに」

と、中沢美保は続けて、「この二、三か月、工藤君が連絡して来て、会ったことはあります。二度だけですが。それも、この病院の向いのスタバで。――とても浮気の話をする雰囲気じゃありませんね」

と、苦笑する。

「すると、佑二君は……」

「お嬢さんの心配しておられるように、うつの症状があって、どうしてだか私に話を聞いてほしかったようです。私が医者になったことを聞いていたからでしょうね」

「そういうことですか」

三木は少し安堵《あんど》した。工藤佑二を相手に恋を語るタイプには、とても見えない。

「いや、お忙しいのにご迷惑をかけて」

と、三木は言った。「娘は妊娠していて、気持が不安定なせいもあって、そんなことを――」

「それは無理もありません。私は独り者なので、お嬢さんの気持がよく分るとは言えませんけど、少なくとも、工藤君とはお茶を飲んだだけです、とお伝え下さい」

「分りました。ただ、佑二君がまた家を出て行ったようなので、万一、あなたに会いに来ることが……」

「そのときは、ご連絡しますわ。工藤君にもお宅へ帰るようにと言って聞かせます」

「どうかよろしく」

と、三木は頭を下げた。

「大変ですね。三木さんは、工藤君夫婦と一緒に暮らしておられるんですか?」

「いや、そうじゃありません」

苦味は強いが、あまりおいしいとは言えないコーヒーを飲んで、「息子夫婦と同居しているのですが……。肝心の息子が行方不明で」

「まあ」

「どこでどうしているのか……。息子の嫁と二人暮しです」

「でも――そんなことがおありでは、工藤君のことも心配ですよね」

「娘の身が、まず……。しかし、今の世の中、どうも男の方が辛抱できないで、姿を消してしまったりするようですね」

「それは確かに」

と、中沢美保は微笑んで、「一人前の医者になる前に辞めてしまうのも、たいていは男の子ですね」

そのとき、中沢美保の白衣のポケットでケータイが鳴った。すぐに出ると、

「——分った。すぐ行くわ」

と言って、「すみません、急患で」

「どうも申し訳ありませんでした」

三木は彼女と一緒にエレベーターに乗った。

ふと思い付いて、

「こんなことをお訊きするのは——。いや、この病院に、加納さんという、もう七十になるお医者さんが……」

加納という名を聞いて、中沢美保はハッとした様子で、

「加納先生をご存じなんですか？」

と、真剣な表情で訊いた。

しかし、エレベーターが一階で扉を開き、三木は降りざるを得なかった。

一瞬のことだったが、扉が閉る直前、

「三木さん、六時までお待ちになって」

と、中沢美保は早口に言った。

六時まで。

三木は、待つしかなかった。

まさか、中沢美保が「加納」という名にあんな反応を見せるとは思ってもみなかったのだ。

加納について、彼女が何を知っているのか、三木には全く分らなかったが、それでもあの表情を見てしまった以上、帰ってしまうことはできなかった。

だが……。

「六時まで」待っても、中沢美保は現われなかった。三木は一般の外来患者の待合室で、じっとベンチに座って、待った。

七時になり、七時半になると、さすがに迷いはあったが、「ここまで待ったんだ」という思いが、三木をベンチにとどまらせた。

そして、明りも消え、薄暗くなった八時過ぎ、小走りな足音がして、

「三木さん！」

という声が響いた。

「すみません！」

三木が立ち上ると、
と、中沢美保は頭を下げた。「意外に手間のかかる急患だったんです。気になっていたんですが……」

「いや、仕方ないですよ。お医者さんは何といっても患者が第一です」

「もう帰ってしまわれたかと……」

「何しろ、年寄は暇なもんでね」

三木の言葉に、中沢美保はちょっと笑った。

「お詫《わ》びに、夕飯をぜひご一緒させて下さいな」

「いいですね。確かにお腹が空いて……」

と言ったとたん、いいタイミングで三木のお腹がグーッと鳴った。


「加納先生は、私が直接仕事を教わった恩師です。新人として必死で働いていたころから、ずっと見守っていただいてました」

夕食どきを過ぎていたせいか、ずいぶん空いた丼物の食堂で、中沢美保は話してくれた。

「その加納先生が、急に行方不明になるって、信じられないんです。もう七十歳でしたから、直接手術されてはいませんでしたけど、患者さんのことをよく見て、『この人はこういう薬に気を付けて』とか、アドバイスをして下さってました」

「突然、病院に来なくなったんですか？」

と、三木は訊いた。

「ええ。何の連絡もなく。もちろん、みんな心配して、先生のマンションにも訪ねて行きました。でも……」

そう言って、美保は、「三木さんはどうして加納先生のことを？」

三木は少しためらったが、

「ちょっと複雑な話でして。あまり遅くなっては……」

「聞かせて下さい」

三木を見つめる目は真剣そのものだった。

「分りました。しかし、この店では――」

話し込むという場所ではない。

「では、私のマンションにいらして下さい」

「いいんですか?」

「一人ですし、すぐ近くなんです。何かあったときは、年中呼び出されますけど」

三木は、美保について食堂を出た。長く待たせたから、と言って、夕食代は美保が払ってくれた。

実際、中沢美保のマンションは病院から歩いて五分ほどの所だった。

「――散らかってますけど」

と、少し恥ずかしそうにして、部屋に上ると急いで中を片付けた。

広くはないが、一人で住むには充分だろう。

「ちょっと待って下さい」

美保は紅茶をいれてくれて、「つまむものも何もなくて……」

「そんなことは……」

三木は、自分の団地の近くで、加納祥子が殺されたことから始めて、順序立てて説明した。

美保は口を挟まずに、じっと三木の話を聞いていたが、

「――加納先生の奥様だったんですか」

「知らなかったんですか？」

「ええ。奥様が家を出られたことは聞いていましたが。まさかあの事件の被害者だったなんて！」

「恐ろしい話です。加納紀夫さんがいなくなって、マンションの受付の女性が殺される。――何か、とんでもないことが起っているような気がしているんです」

「確かに」

と、美保は肯いて、「先生の身にも、何かよくないことが起っているかもしれませんね」

「病院へも全く連絡がないのですか？」

「あれば、必ず耳に入ります。本当に何が……」

と言いかけて、不意に美保は涙を拭《ぬぐ》った。

恩師とはいえ、加納の消息を気づかう様子は、美保がただの「教え子」ではないと感じさせた。

三木は、加納の孫の栗田純代のことは話さなかった。――こうして見ていると、中沢美保は、少なくとも加納のことを女として想っていたように思われたのだ。

そのとき、美保のケータイが鳴った。

「まあ、まさか……。病院用のケータイの方だわ」

美保は立ち上って、バッグからケータイを取り出した。

「――はい、中沢です。――もしもし？」

ハッと息を吞《の》むと、「先生！　どうなさったんですか！」

と言った。

三木も思わず立ち上っていた。

「先生、大丈夫ですか？」

と、中沢美保は言った。

その言い方からして、相手は加納だろう。

三木は美保の様子をじっと見つめていた。

「今どこに？　――分りました。――もしもし？」

美保はケータイを見て、「切れてしまった……」

「加納さんから？　何と言って来られたんです？」

「それが、『自分は大丈夫だから心配するな』とだけ。ただ、今はマンションに戻っているそうです」

「では、行ってみましょう」

と、三木は言った。

「ええ。ただ必要な物を取りに寄っただけだから、と言って……。自分の方から電話すると」

「そうですか」

「でも――やはり心配ですね。マンションに私、行ってみます」

「それがいい。しかし、入れますか？」

美保はちょっとためらって、

「私、先生のマンションの鍵《かぎ》を預かってるんです」

と言った。「車があります。出かけましょう」

11　無人の部屋

マンションに車が着くまで、美保は何も言わなかった。

マンションのオートロックを開けると、

「あの――」

と、思い切ったように、「誤解されるといけないので。私がここの鍵《かぎ》を持っているのは、緊急手術のとき、必要になることがあるからなんです。お分りですか？」

「そういうこともあるでしょうね」

と、三木が言うと、美保はホッとしたように、

「もちろん、今ではそんなことはありませんけど。先生がさかんに手術を担当されていたころです」

エレベーターで話を続けて、「急患では、色々な手術が必要になるので。――奥様とも、親しくさせていただいていました」

三木は何も言わなかった。

三木から訊《き》かれないことまで説明している美保を見ていると、却《かえ》って加納医師への想いを感

じさせられた。

ともかく、今は加納紀夫のことだ。なぜ自宅のマンションから出て行かねばならなかったのか。

五階の〈505〉が、加納の部屋だった。

美保が玄関の鍵を開けて、

「先生！　おいでですか？」

と言いながら中へ入ったが、明りは消えていた。

「――また出て行かれたようですね」

明りを点《つ》け、ともかく玄関から上った。

一つ一つの部屋を覗《のぞ》いてみたが、人の姿はなく、特に荒らされたような様子もなかった。

居間はさすがに広く、調度品も立派だった。

「――何か失くなっている物はありますか？」

と、三木が訊いたが、

「さあ……。もう、このところずいぶん来ていないので」

と、美保は首を振った。

「あなたは――加納祥子さんが、どうしてここを出てホームレスになったのか、心当りはありませんか」

と、三木は訊いた。「加納さんから何かお聞きになったことは？」

「いえ、何も……」

美保は答えながら、目を伏せていた。

三木はその様子に、やはり加納と美保との間に、師弟以上の関係ができ、祥子がそれを知ったのではないかと思った。

しかし、はっきりした根拠はないし、今ここで彼女を問い詰めても仕方がない。

それに、「夫の浮気」で家を出たとしても、ホームレスになることはあり得ないという気がする。

「――先生のお宅をかき回すようなことはできません」

と、美保は言った。「ご不満かもしれませんが……」

「いや、僕は加納さんの身を案じているんです。――もちろん、引出しを探ったりするつもりはありません。ただ、加納さんが、ここへなぜ戻って来たのか……」

何かを取りに来たのだろうか？

「受付の北畑弥生さんが殺されたことは、もちろん加納さんもご存じでしょう」

と、三木は言った。「それで身の危険を感じられたのかもしれませんね」

「先生から連絡があれば、三木さんのことはお話ししておきます」

「ありがとう。では行きましょう」

三木は居間を出た。

美保は三木に続いて居間を出ようとして、明りを消したが、何か思い直したように、また明りを点けた。三木は振り返って、

「どうかしましたか？」

「今、明りを消したときフッと思い出したんです」

と、美保は言った。「写真が失くなっています」

「写真？」

「ええ、ご家族で撮られた写真です。写真立てに入って、いつもあの棚の上に置いてありました」

家族写真を取りに来た？　危険を冒してまで取りに来るようなものだろうか。

気になりながら、三木は加納のマンションを出た。


「もしもし？　――公枝、メールを読んだか？」

と、三木はケータイで娘に電話をかけて言った。

「うん。本当なの？」

「確かだ。佑二君と高校で一緒だったそうだが、外科医として有能な女性だ。佑二君と何かあったとは思えないよ」

「そう……。お父さんがそう言うのなら……」

そもそも、公枝に頼まれて、工藤佑二の浮気相手だというので、中沢美保に会いに行ったのだった。

団地の部屋に帰ったのは、もう夜中近くで、冷え切った部屋を暖かくするのに手間取っている間に、公枝へ電話したのだった。

中沢美保が佑二の浮気相手とは思えないということは、病院で美保を待っている間にメールで伝えておいた。しかし、やはり公枝が納得しているかどうか、直接話して確かめたかったのである。

「――ごめんなさい、厄介かけて」

「構わんよ」

と、三木は少し暖かくなって、体を伸しながら言った。「佑二君は?」

「戻って来ないの。――もう、放っとくわ」

「そうだな。少し時間を置いた方がいいかもしれない」

「うん。また何かあれば連絡するわ」

「あんまり色々想像して心配しないことだ。ちゃんと体を休めろよ」

「ええ。じゃ、おやすみなさい」

「ああ、おやすみ」

三木は通話を終えてホッとした。

くたびれていた。――茜からは、かなり遅くなりそうだと言って来ていた。

「風呂《ふろ》に入るか……」

バスタブに湯を入れる。立ち昇る湯気が顔をフワッと包んで、その感覚に緊張がほぐれてくる。

中沢美保に会ったこと、加納のマンションに入ったこと。

そう自覚していなくても、やはり緊張していたのだ。当然だろう、何しろ刑事から殺人犯ではないかと思われているらしいのだから。

バスルームから居間へ戻る。——大分部屋は暖まっていた。

お湯が入るのを待つ間、録画してあった、動物もののドキュメンタリーを見る。

途中から見ても、止めても構わないし、ウトウトしながらでも楽しめる。深刻な社会問題のドキュメンタリーもよく見るが、疲れているときは「動物もの」に限る……。

見ながら、ついまどろんでいると、

「ただいま」

フッと目を開けて、茜がコートを脱ぎながら入って来るのを見た。

「お帰り」

と、三木は言った。「割合に早かったね」

「二軒目までは付合ったんですけど、そこで失礼して来ました。身がもちません」

「それがいいよ」

と、録画の再生を止めて、「ちょうど風呂に湯を入れてたところだ。もう入ってるんじゃないかな」

バスタブを満たすと、自動的に給湯は止まるので、溢《あふ》れる心配はない。

覗いてみると、もうお湯は止まっていた。

「今、湯が入ったところだ。——先に入ったらどうだ？　体が冷えてるだろ」

「だけど……。いいんですか？」

と、茜は訊いた。

「ああ、もちろんだ。僕は後でゆっくり入るよ」

「じゃあ……。すみません、お先に」

と、茜は嬉《うれ》しそうに言って、自分の部屋へ入って行った。

そして――また三木はソファで眠ってしまっていた。

「お義父《とう》さん」

肩を揺すられて、目を覚ますと、パジャマ姿で、頭にタオルを巻いた茜が、少しほてった顔で立っていた。

「ああ……。もう出たのか？」

「ええ、ゆっくり入りました。――それに部屋が暖まってるって、いいですね。一人暮しの子はよく言いますよ。帰ったとき、部屋が冷蔵庫みたいなのが寂しいって」

「冬はどうしてもそうなるな」

と言って、三木はふと思った。

今日行って来た加納のマンションの部屋は、そんなに冷え切っていなかった。――加納がずっといなくなったままなら、もっと寒くて当然だが。

何かを取りに戻っただけで、部屋を暖めるほど長居するものだろうか？

「先にやすみます」

「そうしなさい。明日は早いのか？」

「九時ごろ出かけます」

「そうか、ご苦労さま」

「おやすみなさい、お義父さん」

「おやすみ」

　――お互いの生活には干渉しない二人だが、三木は茜の「お義父さん」という声音が好きだった。

編集長として、いい仕事をさせてやりたい。心からそう思った。

「風呂に入るか」

自分へ言い聞かせるように、三木は口に出して言うと、大きな欠伸《あくび》をした。


翌日は、さすがに昼過ぎまで寝てしまった。

ケータイにも、特にメールは入っていなかった。

公枝のことも気になってはいたが、夫婦の問題に口を出すことになるだろうと思えば、それも避けたい。

図書館に行こうと思って、仕度をして外へ出ると、意外なほど暖かく、風もなくて、日射しが一杯に降り注いでいた。

三木は、図書館へ向う前に、日当たりのいい団地内のベンチに腰をおろした。

風もなく、心地良い午後だ。

暖かいとはいえ、やはり冬なので、公園で遊ぶ子は少ない。――静かだった。

「――三木さん」

と呼ばれて顔を向けると、〈週刊F〉の飯田みなみが立っていた。

「やあ。どうしてここに?」

と、三木は一瞬緊張して訊いたが、みなみは穏やかに微笑んで、

「すみません」

と言った。「何だか怖くて」

「事件のことだね」

「ええ。――そこへかけても？」

「もちろん」

みなみは、三木と並んでベンチに腰をおろすと、

「北畑弥生ちゃんのことが気になって……」

と言った。「私のせいで殺されたんじゃないかって……」

「それは君のせいじゃない。――というか、自分を責めてはいけないよ」

「ええ、頭では分ってるんですけど」

みなみは首を振って、「あの川崎って刑事に手錠をかけられる夢を見て、ゾッとして目を覚ますんです」

「僕は夢も見ないほどくたびれていてね」

と、三木は言った。「そういえば、昨日、あのマンションに行った」

「え？　でも……」

「それが、妙な縁でね」

三木は、中沢美保と会って、加納のマンションに入ったことを話した。

「じゃ、加納さんは少なくとも生きてるんですね」

「そう。昨日はともかく無事だったようだ。しかし、どうして姿をくらましているのかは分らない」

「そうですね……」

「君の方には、何か新しい情報は入ってないのか?」

「警察担当という記者は、うちのような週刊誌には特にいないんです。事件物を追うのは、それぞれ関心のある記者で」

「新聞とは違うからね」

「ええ。でも、新聞社にも知り合いはいるんで、訊いてみてるんですけど、特に進展はないようです」

ケータイが鳴って、「――すみません。――もしもし」

と言ってから、

「ちょうど、今話した新聞社の友人です」

と、三木に言った。「――もしもし? ――どうしたの?」

向うの話を聞いて、みなみの表情が変った。

「――本当? で、もっと詳しいことは分らないの? ――ええ、それじゃ私も当ってみるけど、何か分ったら教えて。ありがとう」

三木は、みなみが複雑な表情でケータイを切るのを見ていた。

「――どうしたって?」

「警察担当の記者が聞いたというんですけど、公式の発表はまだだそうです。容疑者を特定したらしい、と……」

「じゃ、君に声をかけてきた男が誰か分ったということか」

「そうじゃないんです」

「え？　しかし――」

「北畑弥生ちゃんのことじゃなくて、加納祥子さんを殺した容疑者だそうです」

三木は混乱した。――祥子を殺した犯人？

「それが誰なのか、まだ分らないんですけど」

「まさか……。僕を逮捕しに来ないだろうな」

と言ったが、冗談にもならない。

「三木さんじゃありません。女性だそうですから」

「女？　彼女を刺したのが……。しかし、川崎刑事は、そんなことは何も言ってなかったが」

むろん、捜査の手の内をいちいち話してはくれないだろう。

「だが、ともかく本当の犯人が分ったのなら結構なことだ」

「ええ、そうですね。弥生ちゃんのことも……」

「うん、きっと二つの事件はつながっているだろう。――どうしたものかな。ここで座っていても……」

「私、新聞社に行ってみます。詳しいことが分ればご連絡します」

「そうか。僕が一緒に行っても、邪魔になるだけだろうね」

「いえ、そんなこと。――ご一緒してくださったら心強いです」

「じゃ、行ってみよう」

三木とみなみは団地を出て、道を歩いた。

じきに、あのベンチが見えてくる。

ここで殺されていたのだ。祥子だと気付かずに通り過ぎた、あの朝のことが、思い出された……。

みなみのケータイが鳴った。足を止めて出ると、

「――それ、確か？　――分ったわ、ありがとう」

と、通話を切ると、三木を見て、「あの――栗田純代って人、知ってますか？」

「ああ、知ってる。祥子の孫だ」

「そうなんですか！」

「純代がどうしたって？」

「加納祥子さんを殺した容疑で、逮捕状が出たそうです」

三木は耳を疑った。

「そんな馬鹿な！　祖母を殺したというのか？」

「事情は分りませんけど、容疑者だと……」

「まさか！」

信じられない話だ。――三木は、

「待ってくれ」

と、ケータイを取り出して、栗田純代のケータイにかけてみた。

「——三木さんですか？」

と、純代が出て、震える声で言った。

「純代君、今どこだ？」

「警察に呼び出されて。でも何だか様子がおかしいんです。私、怖い」

三木は一瞬迷った。しかし、放ってはおけない。

「純代君、聞くんだ！　今、どこにいる？」

切迫した声で、三木は言った。

12　決断

机と椅子だけの部屋は、冷たく無慈悲な恐ろしさを感じさせた。

栗田純代は、一人きりにされていた。もう三十分近くたっていただろうか。

そこへ、三木からの電話が……。

その数分後、純代はそっとドアを開けた。

廊下を、人が忙《せわ》しく行き来しているが、誰も純代に目をとめなかった。

「——あの」

と、制服の警官が通りかかったので、声をかけた。

「何？」

「トイレ、どこでしょうか？」

おずおずと訊《き》いた。

「ああ。この先を左へ曲ると——。あ、でもね、あのトイレは汚ないんだ、古くてね」

と、警官は顔をしかめて、「入って来た正面の入口、あるだろ？　あのすぐ脇に新しいトイレがある。そっちの方がいいよ」

「そうですか。ありがとう」

「いやいや」

ちょっと微笑んで行ってしまう。

入口の方……。

どうなるか分らないけど、行ってみよう。

入口辺りは、何だか人が多かった。

「ここでお待ち下さい！」

と、何人かのグループを案内して来た人が、声を上げている。「この先は自由に入れませんので、今、担当の者を呼びます」

「早くしてくれよ！　先生はお忙しいんだ！」

文句を言っている若い男の後ろに、でっぷり太った「先生」が立っていた。

どうやら国会議員の「先生」らしい、と純代にも見当がついた。

たぶん、自分の支持者たちを何人か連れて、見学か何かにやって来たのだろう。

「ちょっと失礼します」

と、純代は人の間を分けて通ると、外に出た。

急に体が軽くなったような気がする。少し行くと、〈タクシー乗場〉の札が立っていて、空車が停っていた。

純代が窓ガラスをちょっと叩くと、ドアがすぐに開く。

純代は乗り込んで、

「新宿駅の西口まで行って下さい」

と言った。

タクシーが走り出す。

純代は振り向いた。誰かが——あの川崎という刑事とかが、追いかけて来ないかと見たが、誰も出て来る様子はなかった。

タクシーが、広い道の車の流れへ入ってスムーズに走り出すと、純代はシートにゆったりともたれて息をついた。


「いいんですか？」

と、飯田みなみが言った。

「今さら言わないでくれ」

と、三木は言った。

大急ぎで団地の部屋に戻り、仕度をしてまた出かけて来た。

「お気持は分りますけど……」

「力を貸してくれるか？」

と、三木は言った。「それが無理なら、何も見なかったことにしてくれ」

みなみは長くは迷わなかった。

「言って下さい。私にやれること」

「ありがとう」

三木は肯《うなず》いて、「純代についていてやってくれ。僕は目をつけられてる」

みなみは息をついて、

「私、何だかワクワクしてます」

と言った。

三木はちょっと笑って、

「後悔はさせないよ。信じてくれ」

ケータイにメールが入って来た。純代からだ。

〈今、外へ出てタクシーに乗ってます。言われた所へ向っています〉

〈了解。向うで会おう〉

と、返信して、

「とっさの判断だがね」

と言った。「川崎刑事から見れば、僕が逃亡をそそのかしたってことになるだろう。だが、純代が犯人だなんて、あり得ない」

「そうですか」

「君も会えば分るよ」

自分の判断にだって根拠はない。しかし、純代が一人、あの川崎の意地悪な取り調べにさらされると思うと、とてもじっとしてはいられなかったのだ。

何とかうまく出られたようだ。

もちろん、これが危険な賭《か》けだということは分っていた。

逃亡すれば、「犯人だ」と認めたも同じだと、川崎などは考えるだろう。しかし、今の警察は、一旦《いったん》容疑者と特定したら、まずどんなに無実を訴えても、聞いてはくれない。

連日の過酷な取り調べで、やってもいないことを「自白」させられてしまう。

川崎が三木を疑っていたことだけを見ても、純代を公正に扱ってくれるとはとても思えなかった。

二十歳の大学生が、ベテラン刑事の訊問《じんもん》を切り抜けられるとは考えられない。

唯一の道は、純代をどこかにかくまって、その間に本当の犯人を見付けることだ。

そんなことが、七十歳の素人に可能かどうか分らないが、やるしかない。

「三木さん」

と、一緒に歩きながら、みなみが言った。「何だか若返ったみたいですよ」

「からかわないでくれよ」

と、三木は苦笑した。

「タクシーで行きましょう」

と、みなみは空車が来たので停めた。

タクシーの中で、

「でも——私も川崎さんにはよく思われてないですよ」

と、みなみは言った。

「それはそうだな」

だからといって、三木の部屋に純代を置いておくわけにはいかない。少し考えていた三木は、

「心当りを当ってみる」

と、ケータイを取り出した。「——もしもし？　——早織君か」

「三木さん、珍しいですね。何か急用？」

「君は勘がいいね」

「超能力の持主で」

「本当だ。その友情につけ込んで、申し訳ないことを頼みたい」

「親友の頼みは断われないですよね」

「女性を一人、預かってほしいんだ」

「はあ……。高校生としては訊きにくいですが、三木さんの彼女ですか？」

「そうじゃない。詳しくは後で説明する」

「分りました。今、外ですけど、三十分もしたら帰っています」

「よろしく頼む」

——石元早織に、とんでもない迷惑をかける恐れもあった。

しかし、今は仕方ない。問題は真犯人をどうやって捜すかである。

「みなみ君、川崎が何をつかんでるのか、探り出せないか」

「そうですね。新聞社の友人や、そのつながりから調べられると思います」

「頼む。素人では、証拠集めも容易じゃないからな」

——タクシーが新宿駅の西口広場に着いた。捜すまでもなく、純代の方が三木を見付けて駆けて来た。

「三木さん！」

「大丈夫だ。僕に任せて、安心していなさい」

「ありがとう！」

純代は体中で大きく息を吐くと、「生きた心地がしなかった……。あの川崎って刑事さん——」

「君が祥子さんを殺したと思っているらしいよ」

「やっぱりそうなんですね。お祖母《ばあ》ちゃんのことをあれこれ訊くんで、私……」

「何か話した？」

「どうして家を出たのか、って訊かれたけど、私、その後は会ってないから分らないって言ったの。でも、あの刑事さん、信じてくれなくて……」

「分った。——ともかく、この辺にいてはいけない」

純代を乗せて来たタクシーを調べ出しているかもしれない。

「電車で行こう。その方が安全だ」

と、三木は言った。

「どこへ行くの？」

「僕にはちょっと変った友人がいてね」

と、三木は言った。

みなみは編集部へ顔を出すと言って別れて行った。

三木は純代を促して、足早に駅へと向った。


「どうぞごゆっくり」

石元早織は、純代と握手をして、「とても温かい手ですね」

「え？　そうかしら」

「嘘をついてる人の手じゃない、ってこと」

と、早織は微笑んだ。

「良かったわ」

石元家の屋敷の居間に落ちつくと、三木は、純代に訊いた。

「君のお母さんは知ってるのか、君が――」

「何も言ってません」

と、純代は言った。「お母さん、通訳のお仕事で、札幌に行ってるんです。大きな仕事で、一週間は帰れないって」

「連絡は取れる？」

「ええ」

「じゃ、電話して、僕と替ってくれ」

「はい。――もうホテルに戻ってると思うんですけど」

純代がケータイで母親へかけると、「――お母さん？　今、どこ？」

「ホテルよ。どうしたの？」

と、向うの声がする。

「あのね、とんでもないことになっちゃったの」

「何よ？　男の子と三角関係にでもなったの？」

聞いていた早織がふき出しそうになって、

「いいお母さんだ」

と言った。

「そんなんじゃないの。あのね、私がお祖母ちゃんを殺したって……」

「何ですって？」

「やってないわよ、もちろん！　でも刑事さんがそう信じてるみたいで、警察署に――」

「その刑事さん、そこにいるの？　替りなさい。叱りとばしてやる！」

「いいえ、今はあるお方の屋敷でお世話になってるの。ちょっと待って」

三木はケータイを受け取った。

「僕のことは……」

「話してないんです、お母さんには」

「分った。――もしもし、三木と申します。お母様の祥子さんと、高校で同級生でした」

「三木さん？」

と、向うは少し考えていたが、「母があなたのことを話していたことがあります」

「本当ですか？」

「色々あって、母とは会わなくなってしまいましたが、学生のころ、三木さんという名前を聞いたことが」

意外なことだった。しかし今の三木は、聞こえてくる栗田栄江の声に胸が高鳴っていた。

祥子の声だ！　話し方もアクセントも。

「あの――」

「すみません、つい懐しい気がして。お母様と、とても似たお声で」

「そうですか？　確かに、通訳をしていて、自分の声を聞くことがありますが、母とよく似ていると思います」

「では、少し時間がかかりますので、落ちついて聞いて下さい」

と、三木は言った……。


祥子の死の状況から始まって、三木は順序立てて話をした。

その間、栗田栄江はひと言も口を挟まずに聞いていたが、やがて一旦話が終って、三木が息をつくと、

「よく分りました」

と、栄江は少しも動揺した様子もなく言った。「ですが、三木さんに大変なご迷惑が——」

「ご心配いりません。覚悟を決めてやったことです」

「ありがとうございます」

と、ホッとした様子で、「娘のことは信じております。どうして刑事さんが疑ったりしたのか分りませんが」

「今、調べてもらっています。ともかく、純代君が姿を消したので、そちらへも、僕の所へも話が来るでしょう。何も知らない、で通して下さい」

「もちろんです。本当に知らないんですから」

「全くですね。ともかく、純代さんのことは安全ですから、ご安心を」

「何とお礼を申し上げていいのか……」

「いつ東京へお戻りですか」

「明日で会議が終りますので、夜の飛行機で帰ります」

「一度会ってお話を」

「はい、ぜひ」

娘のことを聞いても、全く落ち込んでいる風はなく、冷静だった。

三木はケータイを純代に返してから、早織の方へ、

「すまないが、頼む」

とだけ言った。

「はい。三木さん、囚《とら》われたお姫様を救出に行く、白馬の騎士みたいね」

「年老いた騎士だがね」

と言って、三木は笑った。「未だ見ぬ敵と闘う決意は固めているよ。腰痛という敵ともね」

栄江と会うことで、祥子が家を出た事情が少しは分るかもしれない。

――三木のケータイに、みなみからかかって来た。

「やあ、どうした？」

「記者をしてる友人からの話だと」

と、みなみは言った。「誰かから密告があったらしいです。純代さんがやったと」

調べるべき謎ができた。

三木は自分が七十歳だということを忘れそうになっていた……。

13　捜査会議

〈山田《やまだ》クリーニング〉

そのワゴン車の車体には、文字のあちこちが欠けた、店名が書かれていた。

車が門の中へ入って、玄関前に着くと、玄関のドアを開けて、栗田純代が走り出て来た。

スライドドアが開いて、

「純代！　良かったわ、顔が見られて」

「お母さん、大丈夫？」

「私は何も……」

スーツケースを下ろすと、栗田栄江は石元家の建物を見上げて、目を丸くした。

「とんでもないお屋敷ね」

「ともかく中に入って」

と、純代がスーツケースを持とうとすると、車の運転席から降りて来た、石元家のお手伝い、充子が、サッとスーツケースを自分の手で転がして、

「どうぞそのまま」

と促した。

玄関を入ると、栗田栄江は、そこに立って出迎えている男性を見て、

「三木さんでいらっしゃいますね」

と言った。「純代の母、栗田栄江でございます」

「よくお分りですね」

と、三木は言った。「お疲れでしょう。お上り下さい。といって、僕の家じゃないのですが」

「はい、お話は伺って……。でも、本当によろしいのでしょうか、お邪魔してしまって」

「お母さん、話は後で」

と、純代が言った。

「ええ、そうね。それでは……」

広々とした居間に足を踏み入れると、栄江は改めて、その光景に呆然《ぼうぜん》とした。

——夜、仕事を終えて飛行機で羽田に着いた栄江を待っていたのは、作業服に身を包んだ充子だった。

純代の手書きのメモに従って、栄江は充子が運転して来た〈山田クリーニング〉という文字の入った車に乗り込んだ。

そして、この石元家へとやって来たのである。

「充子さん、そのスタイル、似合うよ」

と笑ったのは早織だった。

「ただの料理番と思われたら大間違いですよ」

と、充子は愉快そうに、「車の運転も大ベテランですから」

栄江は、石元歓と孫の早織に挨拶《あいさつ》して、

「娘がお世話になりまして」

「ボーイフレンドの三木さんの頼みですから」

と、早織が言った。

「ともかく」

と、石元歓が微笑んで、「夕食をご一緒に、とお待ちしていたんです。まずは食事にしましょう。話はそれからだ」

——二十分後には、いつもの服装に戻った充子の手でつくられた、シンプルではあるが、しっかりと食べ応《ごた》えのある夕食のテーブルに、全員が揃っていた。

「おじいちゃん」

と、食事しながら早織が言った。「うちにあんな車、あった？〈クリーニング〉なんて入ってる……」

「この間、出かけて雨に降られてな」

と石元歓が言った。「雨宿りしていたのが、たまたまクリーニング店の軒先だった。奥さんが中へ入れてくれて、話を聞くと、もう店をたたむという話でな。親切に、そこのご主人があの車で送ってくれた。で、お礼のつもりで車を買い取ったんだ」

「へえ……」

「ちょうど使い道があって良かった」

羽田に着く栗田栄江を、警察が待ち構えていてもおかしくなかった。その目をごまかすには〈山田クリーニング〉は便利だったろう。

――話を聞いて、三木は、やっぱりここはふしぎな一家だと思わざるを得なかった。


食事の後、広い居間へ移ると、コーヒーが出る。

「あのお店が届けてくれるのでね」

と、石元歓は言った。「味は悪くないはずです」

「ミルクも砂糖も入れずに一口飲むと、おいしさが分ります」

と、早織は言った。

その大人びた言い方が十六歳という年齢と奇妙にアンバランスで、しかも一方ではそれがよく似合う少女なのでもあった。

「ここで訂正を」

と立ち上ったのは、週刊誌記者の飯田みなみだった。

「何かあったのか？」

と、三木が訊《き》くと、

「栗田純代さんへの逮捕状です。あの川崎刑事が記者クラブにリークしたんですが、請求したものの結局認められなかったそうです」

「まあ」

と、栄江が目を見開いて、「それじゃ、純代は隠れていなくても良くなったということですか？」

「いえ、それが……」

と、みなみは首を振って、「川崎はむしろ自分から逮捕状の請求を取り下げたようだと記者の間では」

「なるほど」

三木は肯《うなず》いて、「純代さんが姿を消してしまったことで、厳しい訊問《じんもん》で都合のいい自白を引き出せなくなったからだろう」

「おっしゃる通りです」

と、みなみは言った。「まさか純代さんがいなくなるとは思わなかったんでしょうね」

「それは川崎が――ということは警察が確かな証拠を握っていないからだ」

と、三木は言った。「純代さんが祥子さんを殺したという証拠があれば、逮捕状を取って、指名手配でもすればいいのだからね」

「ひどいことになっているのね、今の日本の警察は」

と、栄江は言って、「純代ちゃん、やっぱりこちらでしばらくお世話になりなさい」

「でも、そんな図々しいこと……」

「いいんです」

と早織が言った。「ホテル代りに使っていただいて」

「ともかく、僕は祥子さんを殺した犯人を見付けることで、純代さんを自由にしてあげたい。そのために力を貸していただけますか」

と、三木は石元歓に向って言った。

「早織がそのつもりでおりますからな」

と、石元歓は穏やかな口調で言った。

「私も協力する」

と、早織が言った。

「いや、しかしそれは危険だ」

と、三木は言った。「すでに、祥子さんのいたマンションの受付の女性が殺されている。僕のような年寄はともかく、早織君のような若い人を危険にさらすことはできませんよ」

「そんなこと……」

と、早織が不服そうに言いかけたが、

「娘のために、皆さんが力になって下さって、本当にありがたいです」

と、栄江が一同を見渡して言った。「でも、どうか用心なさって下さい。私は自分の身を自分で守ることはできます」

「お母さんは大丈夫だよね」

と、純代が当り前のように言ったので、笑いが起って、場が和んだ。


「ここで、少し状況を見直しておきたいのです」

と、三木は言った。

「名探偵の謎とき?」

と、早織が言った。

「それはちょっと早過ぎるよ」

と、三木は苦笑して、「分らないことだらけだ。まずはそれを数え上げていかないと」

三木はソファに座り直して、

「初めは、加納祥子さんがこの近くで殺されたことでした。犯人が誰か、調べる前に分らないのは、祥子さんがなぜホームレスになっていたのか。そして、なぜ僕の住んでいる団地の近くに来ていたのかということです」

三木は栄江の方へ、「栄江さん、その点について何かご存じではないですか?」

「私、母とはほとんど連絡していなかったんです」

と、栄江は言った。「父と母の間は、必ずしもうまく行っていませんでした。でも、父が母を追い出したとは思えません。母はおとなしい人でしたが、決して弱い人ではありませんでした」

「失礼ですが、加納紀夫さんに、他に女性がいたことは……」

「あります」

と、栄江は即座に言った。「私が子供のころから、よく母と言い合っていました。若い看護師さんや女医さんと付合っていたようです」

「中沢美保さんという先生とは……」

「ええ、あの人とは特に親しかったと思います。ただ、そういう関係だったのかどうか。——よく家に出入りしていて、母とも仲が良かったようです。もちろん、私の知っている限りですが」

と、栄江は言った。

「そして今、お父様もマンションからいなくなってしまったんです。なぜなのか……」

「自分から出て行ったんでしょうか」

と、栄江は言った。

「そのようですね」

「では……」

と栄江は少し考え込んだ。

「お母さん、何か思い当ることがあるの？」

と、純代が訊くと、

「どうして出て行ったのかは分らないけれど……」

と、栄江は言った。「どこに行ったかは分るような気がするわ」

「というと?」

と、三木は身をのり出した。

「父は、慣れた場所でないと気に入らないんです。レストランも、何十年も通っている店にしか行きません。出張しても泊るホテルはいつも同じ。ともかく周囲が『先生』として気をつかってくれていないとだめなんです」

「なるほど」

営業の世界にいた三木には、プライドが高くて、誰からも「先生」と呼ばれないと機嫌が悪くなるというタイプの人間が想像できた。

「そういう人ですから」

と、栄江は続けた。「もし家を出ることがあったとしても、行ったこともないような場所へは行かないと思います」

「でも、それじゃ隠れたことにならない」

と、純代が言うと、

「その通りだ」

と、三木は肯いて、「しかし、人間っていうのはそういうものだよ。――栄江さん、お父様がどこにいるか、お心当りは?」

「ええ、おそらく――別荘でしょう」

「別荘?」

と、純代がけげんな表情で、「そんなの、あったっけ」

「あなたは知らないでしょうね。軽井沢《かるいざわ》に、かなり古い別荘があった。もっとも、私もよく憶《おぼ》えてないけど」

「大体の場所は分りますか？」

「たぶん、現地に行けば。それに、一人で行ったとしたら、何しろ父は何もできない人です。近くの店から食べるものを配達させているでしょう」

「それはいいお話です」

と、三木は肯いて、「栄江さん、その別荘に案内していただけますか？」

「はい、喜んで。私、車の運転も自信がありますから」

「私も行く！」

と、純代は手を上げたが、

「君はだめだ。何といっても、警察が君のことを捜しているんだから」

「でも——」

と、不服そうだが、

「君の無実を証明するためなんだ。君はここでおとなしく待っていてくれ」

「はい……」

「私はどうしましょう？」

と言ったのはみなみだった。「もちろん、秘密は守ります！」

と、胸に手を当てる。

「そうだな。記者という立場が役に立つかもしれない。じゃ、一緒に行ってくれるか」

「はい！　弥生ちゃんの敵を取らないと」

と、みなみは張り切って言った。

「では……こんな時間だが……」

と、三木は腕時計を見て、「明日まで待つと、川崎が家を監視し始めるかもしれない」

「構いません。夜の方が道も空いていますし」

と、栄江は言った。「私はホテルで充分眠りました。大丈夫です」

「じゃ、うちの車を使って」

と、早織が言った。「本当なら私も行きたいけど」

——かくて、不満げな純代と早織を残して、三木と栄江、みなみの三人は夜のドライブに出かけることになった……。


純代にも、若い日の祥子の面影を見ていた三木だったが、栄江に会うと、さらに祥子と似た容姿に胸を打たれたものだ。

しかし——いくら母娘で似ているからといって、大いに違うところも当然あるわけで……。

車を運転して、三木がハラハラするほどのスピードを出す栄江は、やはり祥子とは違っていた。それでいて、ハンドル捌《さば》きには全く不安がない。

助手席の三木をチラッと見て、栄江は微笑むと、

「ご心配なく」

と言った。「私、レーサーに憧《あこが》れたことがあるくらい、スピード人間なんです」

「映画じゃないから、カーチェイスは必要ないと思いますがね」

と、三木は言った。

「道が空いてると、ついアクセルを踏み込んでしまって。——少し落としましょうね」

ややスピードを落として、車は夜を貫いて走り続けた。

「——栄江さん」

と、三木は言った。「純代さんは何度か祥子さんと会っていたと言っていましたが」

「ええ、そうだろうと思いました」

と、栄江は肯いて、「母は純代をとても可愛がっていましたから」

三木は、じっと前方を見ながら、

「川崎という刑事が、なぜ純代さんを疑ったのか、気になっているんです」

と言った。「密告があったというのはどうも怪しい気がします。川崎が純代さんを疑ったのには、何かわけがあるのでは……」

「でも——」

「もちろん、純代さんがお祖母さんを殺したなどとは思っていません。ただ——。たとえば、純代さんには彼氏がいますか?」

栄江がチラッと三木を見て、

「そう訊かれて答えられないのは、母親として失格ですね」

と言った。「仕事が忙しくて、しかも家を空けていることが多いので、正直なところ娘のことを何でも分っているとは言えないんです」

「それはそうですよ」

と、三木は言った。「純代さんはもう二十歳でしょう。ご自分の生活がある。何でも親に話したりはしないのが普通です」

「そうでしょうか」

「むしろ、お祖母さんには話すかもしれない。そう思いませんか」

栄江は少し間を置いて、

「――分ります」

と肯いた。「何か秘密にしておきたいことができたとき、私より母に話そうと考えたかもしれませんね」

「あなたがとても忙しいので、心配をかけたくないという思いもあったかもしれませんよ」

「そんな風に気をつかわれる方が心配ですけどね」

「そこはまだお若いからでしょう」

話を聞いていたみなみが、後部座席から、

「私、よく分ります」

と言った。「私も、恋愛のことは母より祖母に話したりしました」

「お母さんがうるさいの？」

と、三木が訊くと、

「そういうわけじゃないけど、やっぱり母はまだ『女同士』って感じがあって」

「まあ」

と、栄江は言って、「――もうじきサービスエリアです。ちょっと寄りますか?」

「ああ、お願いします。トイレに寄っておきたい。年なものでね」

そう言って、三木は息をついた。

14 窓の灯

車のライトが、別荘の番号を書いた立札をゆっくりと照らして行く。

「――この辺だと思うんですけど」

スピードを落として車を走らせながら、栗田栄江が言った。

別荘は必ずしも番号順に並んでいるわけではない。それに、立札もかなり古くて、中には番号がかすれてよく見えないものもあった。

「今は、こんなに暗いんですね」

と、栄江は言った。「昔は、どの別荘にも明りが点《つ》いていたのに」

確かに、三木にもちょっと驚きだった。

有数の高級別荘地のはずだが、明らかに空家になっている建物も目についた。

夜中とはいえ、人がいれば明りが見えるだろう。――栄江が、

「あ、たぶん、あれ……」

と、声を上げた。「思い出しました。この別れ道になってるのを左へ折れて……」

夜の中に、ポカッと明るい窓が浮かび上った。――栄江はホッと息をついて、

「良かった！　ずっと迷子になってたらどうしようかと思ってました」

車の通れる道から、番号の入った立札に、〈加納〉という名前が読めた。

「今は表札にも名前を入れない人が多いですよね」

と、飯田みなみが言った。

「ええ。母は名前を入れない方が、と言ってましたけど、父は『医者はどんなことで呼ばれるかわからない』と言って……」

車は別荘の敷地の中へと入って行った。

周囲の建物と比べても、かなり大きな造りである。しかし、一見して古いことは分る。

「もうずいぶん傷んでる……」

と、栄江が呟《つぶや》いて、車を正面に着けた。

「もうおやすみになってるでしょう」

と、三木は言った。「申し訳ないですね。こんな時間に」

「それどころじゃありませんもの」

車を降りると、栄江は正面のドアへと向って、チャイムを鳴らした。――少し待っても返事はない。

玄関のドアに取り付けられたノッカーを何度か強く打ち付けたが、人の気配はしなかった。

「おかしいわ。明りは点いているのに」

と、栄江はドアノブをつかんだ。「――開いてる」

鍵《かぎ》はかかっていなかった。

「待て」

と、三木は言った。「僕が先に入る」

「大丈夫?」

と、みなみが言ったが、三木にだって分るわけがない。

玄関を上ると、正面に両開きのドアがあった。

「その中が広間です」

と、栄江が言った。「寝てるのなら二階に……」

三木は両開きのドアを思い切って大きく開けた。

明るく照明が溢《あふ》れた広い部屋だ。ソファやテーブル、飾り棚など、どれもどっしりとした存在感があった。

「父のコートだわ」

ソファの背にかけてあるコートを手にして、栄江は言った。

「――お父さん!」

と呼んだが、返事はない。

「車はなかったね」

「たぶん、ハイヤーかタクシーを呼んだんでしょう。自分でここまで運転してくるのは大変だと思います」

「僕も同じ七十だが、やはり運転は怖いですね」

と、三木は言った。

「広いんだ」

と、みなみがやや呆気《あつけ》にとられている。

そのとき、頭上で大きな音がした。

「今のは――」

「何かが倒れたような音だ」

三木は広間から走り出ると、玄関から二階へと続く階段を駆け上った。

廊下は暗かったが、並んだドアの一つが開いていて、明りが廊下へ広がっている。

「加納さん！」

と、大声で呼びながら、三木はそのドアへと走った。

広い寝室だった。大きなベッドが二つ並んで、その一方は毛布がめくれている。

「窓が――」

と、栄江が言った。

分厚いカーテンが引かれているが、窓の一つは開けられていて、その前に椅子が倒れていた。

「この音か」

カーテンを開けて、外を覗《のぞ》く。

「車だわ」

と、栄江が言った。「裏に停めてあったのね」

車がエンジンをかけて走り出すところだった。暗がりの中、車の型も色もほとんど見分けがつかなかった。

「父は——」

と、栄江が言いかけたとき、室内で
「ウーン……」

という呻《うめ》き声がした。

「ベッドの間ですよ」

と、みなみが言った。

二つのベッドの間に、パジャマ姿の白髪の男が倒れていた。

「お父さん!」

「お前……。栄江か?」

「そうよ! 私が分るのなら、まだボケてないみたいね。——何があったの?」

「分らん……。眠ってると……眠りが浅かったんで助かった」

加納はゆっくりと、背中を支えられながら起き上った。

「誰かが窓から逃げてったわ」

「ああ……。顔に枕を押し付けられた。しかし、持って来るのを忘れてたんだ、睡眠薬を。それですぐ目を覚まして……」

「そこへ、私たちが来たのね。相手を見た?」

「いや、それは……。暗かったし……」

「ともかく、ベッドに横になった方がいい」

「ええ。ちょっと手を貸して下さい。——よいしょ」

人一人、それも男をベッドに寝かせるのは大変だ。加納は何とかベッドに横になると、

「どうも……。栄江、よくここだと……」

と言いかけたが、ハッと息を吸って、胸を押え、

「栄江、薬を！」

と、呻くように言った。「心臓だ……」

「薬、どこ？」

「その……バッグの中だ……」

栄江が、ベッドのそばのテーブルに置いてあった小さなバッグから薬を取り出した。

「舌下錠ね？　口を開けて！」

栄江が錠剤を加納の舌の下側へ入れる。

——少しすると、加納の様子は落ちついて来た。

「病院に運んだ方がいい？」

と、みなみが言った。

「いや……。大丈夫だ」

加納は首を振った。

「それより……。中沢さんを呼びますか？　中沢美保さんを」

と、三木が訊《き》く。

「あんたは……」

「説明は後で。中沢さんが心配していますよ」

「すまん……」

加納は、襲われたショックが大きいのだろう。一旦《いったん》発作がおさまっても不安そうだった。

三木は廊下に出ると、ケータイで中沢美保へかけた。

すぐに出ると、

「三木さん？　どうかしたんですか？」

「今、加納先生と一緒だ。心臓の発作を起して……」

三木が状況を説明すると、

「すぐ行きます！」

「軽井沢なんです。分りますか？」

「住所を。ともかく近くまで行けば何とか」

「よろしく」

三木は情報を与えておいて切ると、寝室の中に戻った。

「中沢さんが来ますよ」

と、三木が言うと、ベッドに寝た加納は、

「あんたが三木さんか」

と言った。「中沢君はここを知らないが……」

「近くまではカーナビで来られるでしょう。近くから電話して来ると言っていました。あなたのためなら、必死でやって来ますよ」

と、三木は言った。「むしろ、焦って事故を起さないようにと念を押しました」

「ありがとう……」

と、加納は息をついて、「そういう気のつかい方ができる人なんだね」

「お父さん、しゃべってて、疲れない?」

と、栄江は言った。

「そうですよ。今は発作の方が心配です」

と、三木は言った。

「いや、大丈夫。自分の体のことは分っている」

加納は天井へ目をやって、「それより……。栄江、下の玄関の鍵はかけてあるか?」

「私がかけました」

と、みなみが言った。

「用心に越したことはない」

「加納さん、もしよければ話して下さい」

と、三木が言うと、

「三木さん。あんたのことは祥子から聞いていた」

「奥さんから? 確かに、高校での同級生でしたが、どうして私のことを……」

「祥子は、あんたと付合っていたのだろう?」

三木は面食らって、

「付合うといっても……。同級生ですから、お茶を飲むくらいのことはあったかもしれませんが、正直、記憶に残っていません。いや、特に親しくしていたということはありませんでした」

「そうか……。しかし、あれは『三木さん』という名を口にしていた。あんたは気付かなかったかもしれないが、家内はあんたを忘れたことはなかったようだ」

「まさか！」

と、三木は思わず口にしていた。「祥子さんはクラスでも人気者でした。私などは、遠くからまぶしい思いで見ていただけです」

「だが……」

「では、祥子さんは私の住んでいる団地を知っていて、近くに来ていたんですか？」

「おそらくそうだろう。偶然ではないと思うが」

「待って下さい」

三木は混乱していた。「どうしてそんなことに……。それに――そう、伺いたかったのは、祥子さんがどうしてホームレスになったのか、ということです」

加納は、三木をしばらく見ていたが、やがて天井へと視線を戻して、

「それは分らない」

と言った。

「そんな馬鹿なことがあるわけは――」

「話せないのだ」

「どうしてです？」

「それは——祥子のためにも、黙っていなければならない。そうなんだ」

三木はもちろん不満だったし、わけが分らなかった。しかし相手は心臓発作を起している病人なのだ。そう強く問い詰めるわけにはいかなかった。

ともかく、今は我慢するしかない。

——やがて窓の外が少し明るくなって来た。

三木のケータイに、中沢美保からかかって来た。

「ちょっと待って下さい。加納さんの娘さんがいるので、彼女なら説明できるでしょうから」

三木は、栄江にケータイを渡した。

「もしもし、栄江です。今、どの辺ですか？」

働いている女性同士らしく、要点をつかんだやりとりで、中沢美保は間もなく別荘を見付けた。

「——先生！」

寝室へ入って来ると、中沢美保は手にした大きな鞄《かばん》をベッドの脇に置いて、「心電図を取ります」

「悪いな、こんな遠くまで」

と、加納は言ったが、安堵《あんど》していることが表情で分った。

「薬は？　ニトロ一錠ですね。——ここで何を？」

「誰かに襲われたんです、父は」

と、栄江が言うと、中沢美保は息を呑《の》んで、

「そんな！　よくご無事で」

「ちょうど、この人たちが来てくれてね」

と、加納は言った。

「ちょっと黙ってて下さい。心電図の波形が乱れます」

「ああ……」

三木は、診察の邪魔になるような気がして廊下に出た。

みなみも出て来ると、

「警察に届けるんですか？」

「どうかな。加納さんがなぜ姿を隠そうとしたのかにもよるだろう。届ければ当然川崎刑事の耳にも入る」

「そうですね」

「ともかく、中沢さんの診察結果を聞いてから考えよう」

少しして、みなみが言った。

「もし、加納さんを殺そうとしたのが、北畑弥生ちゃんを殺したのと同じ人間だったら……」

「その可能性が高いだろうね。しかし、川崎は僕がやったと思っているらしい。今回は君たちが一緒だが、僕をかばって嘘をついていると思われるかもしれない」

「そうですね。私、この手で弥生ちゃんの敵を取ってやりたい！」

みなみの言葉に怒りがにじんでいた。

三木は、加納のことも心配だったが、加納から聞いた祥子のことが、あまりに思いがけなくて、どう考えていいのか分らなかった。

「祥子さん、三木さんのことを好きだったんでしょうか」

と、みなみが言った。

「分らないよ。まさか……。いや、自分のことはよく分っている。高校時代、僕は少しも目立つ生徒じゃなかった」

「でも、みんなパッと目立つ子だけを好きになるとは限りませんよ」

「もし本当にそうなら……。しかし、彼女も手紙ぐらいはよこしたはずだ」

「分りませんよ。三木さんが誰か他の子を好きなんだと思い込んでたとか……」

「しかし、今さら……。そんなことが分っても、どうにもならない」

「それはそうですけど」

「そのことと、祥子さんが殺されたことと、どうつながっているのか。——僕の過去に原因があると言われたら、それこそ辛《つら》いよ」

そうだ、今は犯人が誰かを知ることが第一だ。

「それに……。彼女があの団地の近くに来ていて、僕があそこに住んでいると知っていたのなら、なぜ声をかけなかったのか」

——加納から、もっと詳しい話を聞かなければならない。

「三木さん」

中沢美保が廊下に顔を出した。「知らせて下さってありがとう」

「いや。——どうです、具合は?」

「今すぐ危いことはないでしょう」

美保の口調は落ちついていた。

「それは良かった」

「でも、ここにいれば危険でしょうし、万一のとき治療もできません。この近くに、加納先生の教え子が院長をしている総合病院があります。そこなら秘密も保てるでしょう」

「分りました。その手配は——」

「もちろん、私がいたします。病院まで付き添っていただけますか」

「いいですとも」

「先生には、何か話したくない事情もあるようです。三木さんにはご迷惑かと思いますけど」

「いや、僕自身のためでもあります。このことは秘密にしておかなくては」

そのとき、三木のケータイが鳴った。茜からだ。

「茜か」

「お義父《とう》さん、どうしたんですか?　ひと晩連絡もなしに」

「いや、すまん!　色々あってね。大丈夫、心配いらないよ」

「それならいいですけど。——今、どこに?」

「うん、ちょっと……東京を離れてるんだ。今日中には帰るよ」

「お義父さんのなさることに干渉するつもりはないんですけど……」

「本当にすまない。帰ったら説明するから」

「分りました」

「茜、ちゃんと寝てるのか？　こんな時間に――」

「これから寝るところです」

「そうか。心配かけてすまない」

「いいえ」

茜の声は微笑を含んでいた。

「お義父さんの声を聞くと、安心して眠れます」

三木は、フッと日常に立ち戻った気がして、「ありがとう。帰ったら連絡するよ」

と言った。

「ええ。おやすみなさい」

「おやすみ……」

肩の力がフッと抜けた気がした。

そうだ。茜のことも、公枝のことも、忘れるわけにはいかないのだ。

自分には責任がある。

寝室では、美保と栄江が二人がかりで加納を着替えさせていた。

「僕が肩を貸そう」

と、三木は言った。「君は車を」

「ええ。――今、純代にメールしておきました」

と、栄江が言った。

「そうか。さすがに母親だな」

と、三木は呟いた。

石元早織にも連絡しておこう。——三木は、茜や早織のことに気が回らなかった自分が少々情なかった。

あちこちに目配りができるという点では、女性にかなわないのかもしれない。

せめて、力のあるところを役立たせなくては。

加納を支えて、三木はゆっくりと階段を踏みしめながら下りて行った。

15 袋小路

「治子ちゃん」

と、三木茜は声をかけた。

「はい!」

いつもながら、元気な芝田治子が、すぐに席を立ってやって来る。「編集長、何か?」

茜はちょっと苦笑して、

「『編集長』はやめて。『茜さん』でいいわよ」

「でも、つい甘えてしまう気がして」

と、治子は言った。「何か問題ですか?」

茜は進行表を見ていた。

「ここのカラーページ、どうなってる? 進行、遅れてるみたいね」

「すみません!」

治子が大げさに頭を下げた。「催促したんですけど、そのライターさん」

「何か事情が?」

「私も訊《き》いたんです。そしたら、『ちょっと忙しくて』って言うから、ムッとして、『そんなの理由にならないでしょ』って言ってやったんです。そしたら――」

「何だったの?」

「結婚式だったって」

「誰の?」

「自分の」

「え? 聞いてないわよ、そんなこと」

と、茜はびっくりして言った。

ベテランのライターで、茜とほぼ同じ四十歳前後。筒井縁《つついゆかり》という女性である。

茜もときどき一緒に飲んだりする。

「私もびっくりしたんで、どうして黙ってたの、って言ったんです」

と、治子が言った。

「何て言ってた？」

「知り合って三日で結婚しちゃったそうです」

茜も笑うしかない。

「じゃ仕方ないわね」

「必ず間に合わせると言ってました」

「彼女がそう言うのなら、大丈夫でしょ」

茜は肯《うなず》いて言った。「でも、これからはどこも進行が早いから、気が抜けないわよ」

「はい」

治子の、いつも変らぬ元気一杯の様子に、茜はエネルギーをもらっている。いや、やたら頑張るエネルギーだけでなく、ときにゆっくり休むエネルギーも。

〈J〉の編集長という責任のある立場にいると、「仕事を忘れて」休むことは難しい。しかし、あれこれ考えていると、休んだことにならないのだ。

茜は、家へ帰ってしまえば本当にゆっくりできる。それは義父の三木忠志のおかげだった。

もちろん、自分も長く勤め人だったせいもあるだろうが、仕事で責任のあるポストにいることの辛《つら》さ、苦しさをよく分ってくれる。

そして、同時に、そこに「生きがい」を見出している茜の思いも、理解してくれているのである。

業種としては、ある意味特殊な面のある編集者の生活パターンや、予定の立てにくい部分も分ってくれている。同じような仕事をして、結婚している女性たちが、夫や義母から、「帰宅が遅い」とか、「子供の学校行事に出ない」ことなどで責められたりしていると聞くと、茜は自分が恵まれていると感じる。

とはいえ、「夫に逃げられた」と笑われたりすることもないではない。しかし、三木忠志は決して茜を責めたりしないのだ。

むしろ、姿を消した息子について、自分に責任があると思っているようで、茜は心苦しい思いだった。

夫、三木浩一も、茜が働いていることで不平不満を口にしたことはない。

「――茜さん」

気が付くと、治子がちょっと不安げな表情で立っている。

「どうかした?」

「あの……お客様です」

「客? どなた?」

「それが……」

治子が小声になって、「警察の人だとか」

「え? ――何かしら」

「エレベーターホールでお待ちです」

「分ったわ」

一瞬、頭をよぎったのは、行方不明の夫のことかもしれない、という思いだった。

エレベーターホールへ出て行くと、コートをだらしなくはおった、いかにもTVに出て来そうな刑事風の男性が立っていた。

「失礼ですが……」

「ああ。——三木茜さんですか」

「そうです。そちらは……」

「川崎といいます」

と、身分証を見せて、「ちょっとお話が」

「仕事がとても忙しいので、ここですむようでしたら……」

川崎は苦笑して、

「どうも、揃って非協力的だな」

と言った。「三木忠志さんもね」

「義父が何か……」

「ご存じでしょう。お宅の近くで殺されたホームレスの女性のこと」

「はい、聞いています。義父の同級生だったとか……」

「その捜査に当っているのですがね。どうも三木さんは色々と怪しい行動が目立つんですよ」

「怪しいって……。義父が犯人だとでも?」

「そう断定する証拠はありませんがね」

「そんな人ではありません」

「今は三木さんと二人暮しとか?」

「義父と二人です。夫は——」

「行方不明だそうですね。――あんたと三木さんとは、うまく行ってますか」

「あの――私も夫も『三木』ですから。義父と私ということなら、とてもうまく行っています」

「どういう風に『うまく行って』るんですか?」

川崎が言外に匂わせている意味は明らかだった。しかし、茜は少々の当てこすりや不愉快な言葉には腹を立てない。

女性で編集長になるには、その程度のことで怒ってはいられないのだ。

「忙しい私に気をつかってくれますし、でも必要以上に干渉しません。お互い、遠慮もなくて、いい関係だと思っています」

「なるほど、よくできた方のようだ」

「はい、そう思います」

「ところが、そのよくできた人がですね、色々と怪しい動きをしている。――他にも殺人事件が起きていますし、殺されたホームレスの女性の夫が、今姿を消していてね。――いや、あんたの仕事の邪魔をするつもりはありませんが」

「はあ。――何をおっしゃりたいのでしょうか? 私、本当に忙しいのですが」

「刑事が訪ねて来たと、あんたの上司に知られたら、うまくないのでは?」

茜は耳を疑った。

「私の仕事とどういう関係があるんですか?」

さすがに冷静ではいられなかった。

「殺人容疑者と二人で暮していることなったら、あんたも社内の立場がうまくないんじゃないですか？」

川崎の、面白がっているような口調が、却《かえ》って茜を立ち直らせた。――怒らせようとしているのだ。

「申し訳ありませんが、打合せがいくつも控えています。特にご用がなければ」

と、ていねいな口調になって言った。

「いいでしょう。しかし、その『よくできた』お義父《とう》さんの行動を、よく見ておくことですな。あんたまで巻き込まれないように」

そう言って、川崎はエレベーターに姿を消した。

「――茜さん」

治子が立っていた。

「聞いてたの？」

「すみません！　何ごとかと思って……」

「感じの良くない人ね」

「刑事って、あんな風なんですかね、誰でも」

「分らないわ。気にしないで、忘れてちょうだい」

茜は治子の肩を叩いて、「さ、仕事、仕事」

と言った。

ホールから、ゾロゾロと人が出て来た。

女性の方が多く、みんな手に分厚い大判の封筒を持っていた。

ホールの客がほぼ出終わると、三木は中へ入って行った。

イギリスの女性経済学者の講演会ということだった。

内容は専門的過ぎて、三木にはさっぱり分らなかった。

スーツ姿の金髪の女性が、客の一人らしい女性と話していた。そばで通訳しているのは、栗田栄江だった。

三木は目立たないように、隅の方に立っていた。——栄江の通訳は淀《よど》みなく、正確だろうと思われた。

内容は分らなくても、二人のやり取りのスムーズなのは、見ていれば分る。

講師の外国人に質問していた女性は、説明に納得した様子で、ていねいに礼を言って、帰って行った。

講師の女性が栄江と固く握手をして、ホールを出て行った。受付に立っていた女性が、講師の女性を迎えて、どこかへ案内して行った。

一人残って、手もとの資料をまとめていた栄江は、やがて三木に気付いて、

「あら、三木さん。いらしてたんですか」

と言った。「もしかして、講演を聞きに?」

「いや、とんでもない」

と、三木は笑って、「テーマだって何だか分らない。日本語の講演だとしても、分らなかっ

たでしょうね」

「そんなことは……。でも今の人は、日本人でも、やたらとカタカナ言葉を使うんですよ。しかも、日本流に略してしまう。『コストパフォーマンス』を『コスパ』とかね。外国人だって分りませんよ」

と、栄江は言った。「何かご用が――」

「いや、ちょっとご相談したくて。正直、困ってるんです。お時間はありますか」

「もちろんです。――私も純代のことは心配ですが、会いに行けば、警察に知られてしまうかもしれませんよね。ケータイに『元気でいるから』というラインが入っていますので安心しています」

「では、食事でも。――高級店は無理ですが」

「仕事の後、よく行くお店があります。そちらでいかが?」

「お任せしますよ」

するとと、さっき講師を送って行った女性が戻って来て、

「講師の方が、ホテルに戻られるので、お見送りしたんですが」

「何かおっしゃってた?」

「栄江さんの通訳がとても行き届いている、と感心してましたよ。通訳の方に、どうぞよろしくとのことでした」

「ありがとう。専門用語がどんどん増えているでしょ。勉強するのが大変だわ」

と、栄江は言った。

「じゃ、また次もよろしく」

「ええ、こちらこそ」

栄江は、本やファイルを抱えると、三木の方へ、

「行きましょうか」

と言った。

そこへ、三木のケータイが鳴った。

「——失礼。——もしもし、何かあったのかね?」

茜からの電話だった。三木は少しやり取りしてから、茜も食事に加わっていいか、と栄江に訊いた。

「もちろんです! ぜひお会いしたいわ」

と、栄江は言った。


「川崎刑事が君の職場にまで行ったのか」

洋食のおいしい古いお店である。

茜は、川崎刑事が訪ねて来たことで、三木がどうしているのか、知りたかったのだ。

「怪しい行動、か……。確かにね。僕は今、警察とある意味、闘っている。いや、彼らは彼らなりに、一生懸命なんだろう。しかし、どうも勝手に自分たちでストーリーを作り上げて、それに合うような発言しか認めない。それは彼らのいつもの手だがね。君に迷惑はかけたくないが……」

「いいえ、お義父さんの問題は私の問題です」

と、茜は言った。

「それは刑事の焦りですね」

と、栄江は言った。「他にすることを思い付かないんですよ」

三木はちょっと笑って、

「いや、君たちの方が、僕よりずっと度胸があって、肝が据わっているね」

と言った。「川崎は焦っている、か。確かにそうだ。こちらも同様だが、袋小路に入り込んだ感じで、先が読めない」

幸い、女性二人が——それも前向きな姿勢の女性二人が一緒なので、七十歳の三木は大いに元気づけられた。

食事していても、テーブルは少しも重苦しくならない。ビールを飲み、現状打破の闘志に燃えているのだ。

三木は二人を見ていると愉快になって来て、久々に笑いながら食事をした……。

「——一つめの壁は、私の父ですね」

と、栄江が言った。「心臓が悪いからって遠慮してましたけど、やはり何が何でも、隠していることを白状させなくちゃ」

「確かに」

と、三木は肯いた。「祥子さんがなぜホームレスになったのか。その問題をはっきりさせたい」

「ホームレスって、何だか公園で寝ていて、不良たちに殴られるってイメージですけど」

と、茜が言った。「でも、祥子さんの場合には、そこまでじゃなかったのでは？　ただ、帰る所がないから、今で言う『プチ家出』じゃありませんか？　それがたまたま長引いてしまった、と思う方が自然です」

「なるほど」

「ね？　ある程度お金を持っていて、適当に過すことができたのでは？　だから、お義父さんの団地の近くまで来ていたけど救いを求めるところまで行ってなかった……」

「確かに」

と、栄江は肯いて、「昔から母は安易に人に頼ることをよしとしないところがありました」

「ホームレスでなく、〈家出娘〉、いや〈家出夫人〉ということか」

「でも、殺されたというのは、ふしぎですね。ただの医者の妻が」

と、栄江は言った。

「ね、もしかして――」

と、茜がふと思い付いたように、「人違いで殺されたということは？　あのベンチに座っていることを、何かの合図にしていたとすれば……」

「何日もあそこで座っていられては、迷惑な人間がいた？」

「でも、人を殺すってよほどのことでしょ。最近はやりの『誰でも良かった』殺人でない限り」

「相手を確かめもせずに殺すかな？」

「そのベンチに座っている女性、と言われて送り込まれた刺客では？」

と、茜は言って、「すみません！　私、本当は文芸書の担当をしたかったくらいで、お話を作るのが大好きだったんです」

間違って、ということはないような気がしたが、三木としては、正に「動機」を知る必要がある。

「祥子さんを恨んでいた人物。あるいは生きていられては困る誰か」

と、茜は言った。

「――やはりまず父に白状させることですね」

と、栄江は言った。「これから行きませんか？」

「三人で？」

「ええ。三人なら迫力も違います！」

栄江は力強く肯いた。

16　灰色の記憶

「これはお嬢さん」

五十代半ばかと思える白衣の医師だった。

「どうも、金城《かねしろ》さん」

と、栄江は言った。「父のことで、ご面倒なお願いをして申し訳ありませんね」

「とんでもない！　加納先生のためなら。何やら、ちょっとややこしいことになっているようですが」

加納紀夫を入院させている病院の院長、金城は言った。

「詳しいことは訊《き》かないで下さい。でも、あなたやこの病院に迷惑をかけることは決してありませんので」

「ご心配なく。私たちは患者さんを診ているだけですよ」

「父はどんな具合ですか？」

「今は落ちついておられます。案内させますよ」

総合病院なので、それなりに大きな病院だが、決して建物は新しいわけでないのに、廊下も明るく、清潔感があった。

「いい病院ですね」

と、三木は栄江と一緒に歩きながら言った。

「隅々まで神経が行き届いている」

案内に立ってくれたベテランの看護師が、嬉《うれ》しそうに、

「ともかく院長先生がうるさいんです。その辺にガーゼの一枚でも落ちていようものなら大目玉で」

「父が、必ず厳しく教えていました」

と、栄江が言った。「いい医者はまず掃除をしろ、と」

「院長先生も、それが口ぐせです。——こちらの病室です」

「ありがとう」

「何かあれば、お呼び下さい」

——栄江と三木、そして茜も一緒だった。

本来、茜は事件と係りないはずだが、川崎刑事が茜にまで会いに来たことで、そうも言っていられなくなったのである。

栄江は病室のドアを軽くノックしてから開けた。

「——お父さん」

一番広い個室だろう。ソファや応接セットもあって、奥にゆったりとしたベッド。

加納紀夫は眠っていた。

「お邪魔していいんでしょうか」

と、茜が気にして、「私、廊下で——」

「大丈夫ですよ。入院してたら、眠るぐらいしかすることがないんですから」

栄江はベッドへ歩み寄って、「——お父さん！　起きて」

加納は目を開けて、

「何だ……。栄江か。今ちょうどお前の夢を見ていた」

と、加納は欠伸《あくび》をして、「お前——これは夢じゃないな？」

「残念ながらね。私のどんな夢を見てたの？」

「何だか、よく憶《おぼ》えとらんが、お前が怒って怒鳴ってたな」

「失礼ね。私、そんなに怒鳴ってばかりいないわよ」

と、栄江は苦笑して、「でも、今日の話によっては、怒鳴ることになるかもね」

加納は三木へ目をやって、

「君か。栄江が迷惑をかけているのじゃないかね」

「とんでもない。ただ――栄江さんと一緒に事件に当らないと。私はもう七十です。事件解決のために駆け回る元気もありませんし……」

「そうだな」

加納は小さく肯《うなず》くと、深々と息をついた。

「私も、入院してから色々考えた。――私だって、いつどうなるか分らん。いや、もちろんそこまで危くはないと思う。しかし、こればっかりはな……」

「そう。言いたいことがあったら、今の内に話しておいた方がいいわよ」

「うん。そう思ったんだよ。もうみんな子供じゃない。いい年齢《とし》の大人だ」

「大人を通り越していますが」

と、三木は言った。

「それで、お父さん」

と、栄江は言った。「どういう事情だったの？　お母さんが殺された理由を知ってるの？」

「いや、直接に誰がやったか、どうしてやったのか、見当はつかん。ただ、母さんが家を出て行ったのは……」

加納は言葉を捜すように間を置いて、「長い間隠していた秘密を、明らかにしたからだ」

「秘密って？」

加納は栄江を見て、

「お前のことだ」

と言った。

栄江は面食らって、

「私のこと？　私がどうしたっていうの？」

「お前は私の子ではないんだ」

――思いもかけない父親の言葉に、栄江はしばし啞然《あぜん》とするばかりだった。

「ちょっと待ってよ！　それってどういうこと？」

「母さんと他の男の間にできたのがお前なんだ」

「は……」

栄江は何度か深呼吸をして、「それは……お母さんがそう言ったの？」

「もちろんだ」

「でも――調べたの？　血液型とか……」

「血液型は問題ない」

「じゃ、ＤＮＡ鑑定とか……」

「そこまでやる必要があるか？　母さん自身がそう言ったんだ」

「そう……。でも……やっぱりはっきりさせたいじゃない？」

「母さんは死んだんだぞ」

「それはそうだけど……」

栄江は何とか自分を取り戻した様子で、「で、私の本当の父親は？　分ってるの？」

するとと、加納は三木の方へ目をやって、

「三木さんだよ」

と言った。

これは夢なのか？

三木が最初に思ったのは、そのことだった。しかし気が付くと、栄江がじっとこっちを見ている。――今聞いたのは現実だ！

「待ってくれ」

と、三木は栄江を見て言った。「そんなことはあり得ない。絶対だ！　僕は祥子さんとそんな仲になったことはない！　本当だ」

「でも――忘れてるだけじゃ？」

「忘れるもんか、そんなことがあったら。いや、加納さん、本当に祥子さんはそう言ったんですか？」

「正確には――肯いた、ということだ」

「というと？」

「私にとっても、栄江が私の子でないという話はショックだった。『相手は誰なんだ？』と訊いたよ。祥子は答えなかったが、私は思い付いて訊いた。『三木という人か』と。すると祥子は肯いたのだ」

「それはきっと……たまたま僕の名が出たので、祥子さんがそういうことにしたというだけですよ。きっとそうだ」

自分に納得させるように、三木は言って何度も肯いた。

「でも、それで家を出たのよ」

「何かわけがあったのさ。一人になって考えたいことがあったとか……」

と、三木は言って、「そうだ、加納さん。祥子さんはあのマンションを出られて、どこにおられたのか、分りますか?」

と訊いた。

「それはよく分らん。ホームレスとニュースで言われたので、みんなそう思っていたようだが、おそらく誰か友人の所に泊っていたか、それともワンルームのマンションを借りていたんじゃないかと思っている」

「初めから、そういう目で見ていなかった」

と、三木は言った。「調べてみましょう。祥子さんには、他にも何か隠しておきたいことがあったのかもしれません」

やっと、三木はショックから立ち直りつつあった。

しかし、栄江は未だ三木の言葉を全面的に信じているわけではないようだ。

——冗談じゃないぞ。

三木は汗をかいていた。

――三人で加納の所へ押しかけよう、と気勢を上げたのはゆうべのことだったが、いくら何でも夜中に病院に着くのでは迷惑だろうというので、翌日の午前中に出て来た。

「――やれやれ」

病院を出ると午後の二時ごろになっていた。三木は息をつくと、

「とんでもない話だったな」

「でも、三木さん」

と、栄江が言った。「本当に覚えがないの?」

「信じてくれよ! 僕はそんなにもてやしなかった」

「そんなことないと思いますけど……」

と、茜が言った。

「君までそんなことを言うのか」

三木は茜をにらんだ。

「すみません」

茜は面白がっている様子だ。そして、ケータイを取り出してメールをチェックすると、

「私、これから編集部に行かないと」

と言った。「東京まで、タクシーで帰ります。ご一緒に?」

「え? ずいぶんかかるだろ?」

「取材費につけます。面白い記事になるかもしれませんし」

「おい、まさか……」

「いいじゃないですか。便乗させていただくわ」

と、栄江は言って、「タクシーの中でサンドイッチでも食べません？　そこにコンビニがあるわ」

時間をむだにしないことにかけては、とても女性にかなわない、と三木は思った……。


「あら」

受付で顔を上げると、柏木紀子はメガネを直して、「その後は進んでます？　探偵業の方」

「いや、なかなか小説のようにはいかないよ」

と、三木は言った。「あのときはありがとう」

この図書館の中で、川崎刑事が待っていたときのことを言っているのだ。

「いいえ」

職員の柏木紀子は微笑んで、「ああいうのっていやですね。警察なんて公僕なのに」

「まあ、そんなものさ。何か珍しい本は入ったかね」

「三木さん好みのフランス文学が何冊か。珍しいでしょ？　何とかいう文学賞をもらったとかって」

「ああ、新聞で見たよ。読んでみよう」

「同じ好みの方が」

「え？」

奥の方へ目をやると、石元早織が小さく手を振っている。三木はちょっとホッとした。

奥の方の机で、三木は本を開いて、

「すまないね。厄介なことを頼んで」

と言った。「純代君はどうしてる？」

「ネットで大学の授業を聞いたりしてます。真面目ですね」

と、早織は言った。「三木さんの孫みたい」

三木はドキリとして、

「びっくりさせないでくれ」

と言った。「そうでなくても……」

「何？　何かあったの？」

早織は当然のことながら、身をのり出して来た。

「笑うなよ」

そんなことを言ってしまったので、却《かえ》って早織を大喜びさせることになった……。

「――でも、本当に三木さんは……」

「そんなことはない！」

と、三木は断言した。

「どうやら本当ね」

早織は肯いて、「栄江さんがご主人の子じゃないってことは確かでしょうね」

「まあ、思い付きで、そんなことは言わないだろうしね」

と、三木は言った。「本当ならDNAを調べればいいと思うが」

「でも、祥子さんは三木さんの団地の近くに来てた。たぶん、偶然じゃないよね」

「そうだな……。よく分らない。もし他の男の子なら、その男の所へ行くだろう」

「四十年以上もたって？　――やっぱり、祥子さんは三木さんのことを憶えてたのよ」

「うん……。そうだなあ」

「三木さんの住所は分るよね。同窓会の名簿とかがあれば」

「そうか」

三木は、祥子のことを知らせてくれた、かつての同級生、北川京子のことを思い出した。確か今は「馬場」といったか。

「訊いてみよう」

三木は、京子から電話をもらったとき、彼女の電話番号を聞いておいた。三木は同窓会名簿など取っておかない。

「――やあ、三木だけど」

向うもすぐに思い出したようで、

「この前は、びっくりさせちゃったわね」

「それが――色々あってね」

と、三木は言った。「彼女――祥子さんは同窓会名簿を持ってたのかな」

「取っとかなかったそうよ」

「それは……」

「私に電話して来たんだもの。仲の良かった共通の友達から私の電話番号を聞いてね」

「じゃ、君の所に連絡を？」

「そうよ。この前言わなかったっけ？　あなたの住所を訊いて来たの」

「そうだったのか……」

「それがどうかした？」

「いや、そのとき、彼女は何か言ってたかい？　どうして僕の住所が知りたいのか」

「いいえ、特に何も」

と、京子は言った。「あなた、祥子と付合ってたの？」

「いや、そんなことはなかった。だから、ふしぎなんだ。どうして彼女が……」

「そうねえ。私も、祥子からあなたの住所を訊かれて、ちょっとびっくりしたのよ。でも、私が知らなかっただけなのかと思ってたわ。そうじゃなかったの？」

三木はまたその話を否定しなくてはならなかった。

――表でケータイを使っていた三木は図書館の中に戻ると、

「どうもわけが分らない」

と、椅子にかけて、ため息をついた。

「でも、あの人が三木さんについて何か考えていたのは確かかね」

三木の話を聞いて、早織は言った。

「納得はいかないが、そう思うしかないね」

「あの人の持っていた物の中に、何か手掛りがあるかもしれないわ」

「そうか。――考えなかったよ」

「三木さんに会いたかったのだとしたら、身近に、それと係るものを持ってたんじゃないかしら?」

どうやら、名探偵の役回りは早織の方が向いているらしい。

三木は少々落胆しながらも、ともかく今取るべき行動ができて、嬉しかった。

早織が言った。

「あそこでコーヒーでも飲む?」

この子は俺が考えてることまで分るのか?

三木は、早織に素直に従うことにした……。

17 家の内、外

ゆっくりコーヒーを味わっている暇はなかった。

娘の公枝からケータイに電話がかかって来たからである。

「やあ、どうした?」

と、三木は言った。「体調はどうなんだ?」

「あんまり良くないけど……」

公枝の声は疲れて聞こえた。

「どうしたんだ？　具合が——」

「いいわけないでしょ。先のこと考えると気が重いし、それにつわりもあって」

「そうか。そうだろうな。——佑二君は帰って来たのか」

「それで電話したの。入院してるんだって」

「何だって？」

「様子を見て来てくれない？」

「しかし——どうしたんだ？」

「車にはねられたらしいの」

「じゃ……事故にあった、ってことか」

「よく分らないのよ。ゆうべ遅くに、どこかで飲んだらしくて、酔っ払って歩いてて、車に……」

「それで病院に？」

「通りかかった人が、唸《うな》ってるあの人を見付けて、救急車を呼んでくれたらしいわ。今朝になって、病院から連絡があったの」

「分った。お前は行かなくていい。とりあえず、俺が話して来る」

「お願いね。新宿の〈M病院〉ですって」

「分った。連絡するよ」

「ええ。——お父さん」

「何だ？」

「私、子供を産むかどうか迷ってる」

夫が家へ帰らず、恋人を作っているようで、しかも酔って交通事故で入院。——公枝がいやになる気持も分った。

「そのことはまた話そう」

三木は通話を切って、ため息をついた。

「——大体聞こえてたわ」

と、早織が言った。「父親も大変ね」

「全くだ」

と、三木は苦笑して、「君は夫の選び方を間違えるなよ」

「十六歳の女の子にそう言われてもね」

と、早織は真顔で言った。「せいぜい色々とお手本を見るようにするわ」


工藤佑二は、頭を包帯でグルグル巻きにされ、眠っているようだった。

「痛み止めが効いて、眠ってらっしゃるようですね」

と、案内してくれた看護師が言った。

「どうも」

と、三木は小声で、「どんな具合か、先生から聞かせていただけませんか」

「そうですね。ゆうべの先生は今日お休みで」

「では、誰か他の先生でも——」

「訊《き》いてみます。しばらくここにいられますか？」

「ええ。ちょっと話してからでないと、どんな事故だったのか……」

「じゃ、ちょっとお待ち下さいね。お知らせするようにしますから」

「よろしくお願いします」

三木は、佑二のベッドの傍の椅子に腰をおろした。すると、行きかけた看護師が戻って来て、

「そうだわ。奥さんがさっきみえたんですよ」

と言った。

三木は面食らって、

「奥さんが？」

「ええ。今、ちょっと出られてるようですけど、また戻るっておっしゃって」

「はあ……」

病室は四人部屋で、他のベッドも全部埋っているので、大きな声は出せない。

三木が、何を言っていいか分らないでいる間に、看護師は行ってしまった。

——どうなってるんだ？

佑二が、ちょっと身動きして、呻《うめ》き声を上げた。

目を覚ましたのか？　——三木が覗《のぞ》き込んでいると、

「どなたですか？」

と、すぐそばで女の声がして、三木はびっくりした。

振り向くと、グレーのコートをはおった女性が立っている。

「あの……」

と、その女性が口ごもっていると、

「看護師を呼んでくれ」

と、佑二が少し舌がもつれた口調で言った。

「佑二君」

と、三木は言った。

「え？」

佑二が目を開けて、「――ああ、お義父《とう》さん？」

「佑二君、どういうことなんだ？」

「すみません、今はちょっと……」

「佑二さんのお父様ですか？」

と、その女性が言った。

「いや、佑二君の妻の父親です」

と、三木は言った。「あなたは？」

その女性も佑二も、しばらく黙っていた。

ややこしい話になりそうだ。

話す前から、三木はくたびれそうだった……。

「佐田《さだ》……といいます」

と、その女性はやっと口を開いて、「佐田恵子《けいこ》です。あの――佑二さんと同じ職場で……」

「名前で呼んでるんですか」

と、三木は言った。

「は？」

「いや、同僚だということですが、『工藤さん』でなく、『佑二さん』と呼んでいるのかと」

「あ……。ええ、私は……」

一瞬、謝ろうかと思って、思い直したのが分った。自分の立場をはっきりさせようと決心した様子で、

「佑二さんとは、個人的にお付合していますので」

「な、頼む」

と、佑二が割り込むように、「看護師を呼んでくれ」

佐田恵子は、ベッドの上のナースコールへ手を伸そうとしたが、

「呼んで来るわ」

と言って、足早に病室から出て行った。

「――佑二君、これはどういうことだ？」

と、三木は訊いたが、

「お願いです、今はちょっと……。そんな気分じゃないので……」

「しかしね――」

と言いかけたが、佑二が苦しげに呻き声をあげたので、やめておいた。

確かに、けがはちょっとひどそうだ。

「また出直して来るよ」

「すみません」

「公枝には、見たままのことを話しておく。いいね」

佑二は何とも言わなかった。

三木は病室を出た。あの佐田恵子が看護師を連れてやって来る。

「とても辛《つら》そうなんです。何とかしてあげて」

「でも、先生の指示がないと……」

「じゃ、ぜひ先生にお願いして下さい」

三木はちょっと迷ったが、このまま帰っては、公枝にどう話していいか分らない。

エレベーターのそばで、医師が来るのを待つことにする。

数分で白衣の医師がやって来て、病室へ入って行った。

佐田恵子が一人で出て来ると、三木の方へやって来た。そして、

「失礼しました」

と、頭を下げる。

「どうなんです？　佑二君の具合は？」

三木はできるだけ冷静に訊いた。

「肋骨《ろっこつ》を何本か折ってしまって、それで呼吸する度に痛むようです」

「なるほど、しかし――一緒に飲んでいたんですか？」

「いえ。私はほとんど飲めないので、あとで合流するつもりでいたんですが——。男同士で、二軒目、三軒目と飲み歩いたようです」

三木はちょっと間を置いて、

「それであなたは……。もちろん、彼に奥さんがあることを——」

「知っていました。でも、うまく行っていないんだと……」

「浮気する夫はたいていそう言うものだということぐらい、あなたの年齢なら……。あなたはいくつですか?」

「二十……九です」

「なら、もう大人だ。佑二君がどういう男か分らないはずが——」

「でも、私は佑二さんのことを愛しています」

と、佐田恵子は強い口調で言った。

三木は困惑した。まさかこんなことになろうとは。

「ともかく——」

と三木が言いかけると、佐田恵子は、

「私、佑二さんの子を」

と言ったのである。

三木も、すぐには言葉が出なかった。恵子が続けて、

「佑二さんは、ちゃんと責任を取ると言ってくれています」

「待ってくれ。あなたにはショックかもしれないが、娘の公枝も、今妊娠してるんだよ」

恵子は固い表情のまま、

「存じています」

と言った。

「知ってる？　それでも……」

「他の男の人の子だと言ってました」

三木は愕然《がくぜん》とした。――怒りに任せて、佑二を殴りに行きたかった。

「君は――それを信じてるのか」

「佑二さんを信じてはいけませんか」

「しかし……。公枝は佑二君の妻だ。私の娘だよ。どうしてそんなことが――」

「でも、娘さんが嘘をついてるかもしれないじゃありませんか」

怒りが爆発するのを抑えられなかった。三木は反射的に平手で恵子の頰を打っていた。

恵子は無言で三木を見返したが、大して力が入っていたわけでもない。しかし、三木の方がショックを受けていた。

女を殴ったのは初めてだ。――今さら謝ることもできない。

「――失礼する」

そう言って、三木はエレベーターの方を向いたが、こんなときに限って、なかなか来ないものだ。

背中に佐田恵子の視線を痛いほど感じながら、三木はエレベーターが来るのを待った……。

公枝にどう言ったものか。

ずいぶん時間はあったが、迷いは続いていた。

しかし、顔を合わせたとたん、公枝の方から、

「肋骨が折れてるんですってね」

「どうして知ってる」

「電話があった」

と、公枝が疲れたようにソファに身を委ねて、「ごめんね、わざわざ行ってくれて」

「いや、そんなことは……」

「電話して来た女に会った？　佐田とかいったけど」

「会ったよ」

二人は少し沈黙した。――言葉にしなくても、公枝は察しているようだった。

「私、気が滅入って」

と、公枝は言った。「つわりもずいぶんおさまって来たの。ね、中華料理でも食べに行かない？　少し出ないと、おかしくなりそうだわ」

「いいね。どこかいい店があるか？　タクシーを呼んで、都心に出るか」

「それがいいわ。気分転換になる」

以前、家族で何度か行ったことのある店だった。大きなショッピングモールの中のレストラン街にある。公枝は子供のころ、よくここで餃子《ギョウザ》を食べたものだ。

「――それで」

と、食事が一段落したところで、公枝は言った。「どんな具合なの?」

「話ができない。肋骨が折れていて、呼吸するのも大変そうだ……」

「そう。で、あの女の人は……」

「佐田恵子か。どう言えばいいのか……」

「恋人、でしょ?」

「うん、まあ……」

と、口ごもってしまう。「——あの女を平手で叩《たた》いたよ」

「え? お父さんが?」

と、公枝が目を見開いて、「どうして一体……」

三木は、佐田恵子を叩いてしまうことになった成り行きを説明して、

「あんまりひどいことを言うんでね。ついカッとなった」

公枝がお茶を一口飲むと、

「——お父さんって、本当にいい人ね」

と言った。

その頰に涙が一粒流れ落ちるのを見て、三木はびっくりした。

「おい、どうしたんだ? お前が泣くことはないじゃないか」

「ええ、そうね。ごめんなさい」

公枝はハンカチを取り出して涙を拭《ぬぐ》うと、「ただ——お父さんがそんなに私のことを心配してくれるのかと思うと、嬉《うれ》しくて……」

と、ちょっと笑った。

「嬉しくて笑ってちゃ変よね」

「そんなことはないけど……。しかし、佑二君も困ったもんだな」

「子供のことはともかく、あの人は、もう私との生活に戻ってくるつもりはないでしょうね。別れることになるかもしれない」

「うん……。親としては、どう言うべきかな。しかし、先の望みはあまりないかもしれん」

「でも――お父さんに迷惑はかけたくないわ。子供を抱えて、お父さんの所に転り込むなんて……」

「そうなったらそうなったで……」

「いいえ、だめよ。お父さんだって、自分の生活で精一杯でしょ。それに、茜さんだっていい顔しないわ」

「いや、そんなことは――」

「大変な仕事をしてるのよ、茜さん。私が入って行ったら、邪魔してしまう」

「まあ待てよ。――ともかく今は冷静になって、どうするのがいいか、考えることだ」

と言ってから、「俺の方も大変だ」

と、ひとり言のように呟《つぶや》いた。

「それって……あの殺されたホームレスの女の人のこと?」

「うん、まあ……。色々あってな」

「何? 話してよ」

公枝は身をのり出すようにして言った。

三木としては、公枝に余計な心配をかけたくないと思って、詳しい話はしていなかったのだが、妙に活《い》き活《い》きとした表情になっているのを見ると、今の公枝には、自分自身のことを思い詰めているよりも、外の出来事を聞く方がいいのかもしれない、と思った。

「そうだな」

と、三木はお茶を飲んで、「まあ、大したことじゃない。俺が殺人の容疑をかけられたり、長年知らなかった隠し子がいたかもしれないって程度のことだ」

公枝が啞然《あぜん》とした。


公枝は頰杖《ほおづえ》をついて、三木の話に聞き入っていたが、

「――大変ね」

と言った。「七十歳のジェームズ・ボンド?」

三木は大げさに顔をしかめて、

「ボンドなら、もっといい年金をもらってるんじゃないか」

と言った。

わざと面白おかしく(本当はそれどころじゃないのだが)話してやって、公枝の気が紛れるのを見ていた。

「それって、やっぱりお父さんの知らない間に、祥子さんに惚《ほ》れられてたってことじゃないの?」

「それなら嬉しい——なんて言ってちゃいけないんだが、残念なことに、俺はそんなにもてなかった」

と、三木は断言した。「たまたま、俺の名を出しただけのことだ」

「でも、その後に——」

「そうだ。俺の住所を訊いて、話を合せようとしたのかもしれない」

「でも、何も言って来なかったんでしょ？」

「いや、考えてみると、祥子さんはあのベンチに一日中座っているわけじゃない。おそらくどこかに泊っていた。だから、俺に会ってどう話したものか、迷っていたんじゃないかと思う」

「それじゃ……」

「彼女がどこに泊っていたのか。それが分れば……。ま、そんなことだ」

と、三木は肩をすくめて、「もう出よう。何か甘いものでも食べるか？」

何げなくそう言ったのだが、

「うん、食べるわ」

と、公枝はすぐにそう言った。

二人は中華の店を出ると、甘味の店に入って、揃ってアンミツを食べることになった。

「——お父さんの波乱万丈の生活を聞いて、私、ちょっと落ちついたわ」

と、公枝は言った。「生きるって、いつでも何か問題を抱えてるってことなんだ、と思ったの」

「少しは役に立ったか」

「お父さん、頼りになるんだな、って思った」

「そいつはどうも」

と、三木は苦笑した。「色々、助けてくれる女性はいるんだ。ふしぎなことに」

「やっぱりボンド並みじゃない？　祥子さんがどこかに泊っていたとして、自宅に戻りたかったら、連絡するんじゃない？」

「しかし、彼女のケータイは……。そうか。泊るときには、自宅の電話番号を書いていたかもしれないいな」

「加納さんの自宅の電話は留守電になってるでしょ。何か吹き込んでないか、外から聞けるんじゃない？」

「やってみよう」

と、三木は肯いた。

入院している加納紀夫に電話して、自宅の留守電を聞いてもらうことにしたのだ。

「――分りました。いつも留守電はろくに聞かずに消去していたが、早速聞いてみましょう」

と、加納は言った。

「お願いします」

それから三十分ほどは連絡がなかった。

諦《あきら》めて店を出ようとしたとき、加納から電話がかかって来た。

「遅くなってすまん。何十件も録音があってね」

と、加納が言った。「〈Sイン〉というホテルから、荷物を預かっている、と吹き込んであった」

「〈Sイン〉ですね。分りました」

それを聞いていた公枝は、

「〈Sイン〉ってビジネスホテルでしょ。知ってるわ。勤めてたときに、予約取ったことがある」

「何か分るかもしれない。——お前、一人で帰れるか？」

「一緒に行くわよ。ここからそう遠くないと思う」

「だけど——」

と言いかけて、三木は、「助けを拒まないのも、プロの仕事かもしれないな」

「そうよ！」

別人のように元気になった公枝と一緒に、三木は〈Sイン〉へと向うことになった……。

18 玉手箱

「はい、どうぞ」

ビジネスホテル〈Sイン〉のフロントの男は、「加納祥子さんの荷物が」と三木が言いかけただけで、すぐに奥から大きなバッグを取って来てカウンターに置いた。

三木は、身分証など見せろと言われるかと思っていたのだが、何も言われないので、却《かえ》って面食らった。その代り、

「よろしければ……」

と、フロントの男は言った。

「は？」

「部屋代の未払いが。払っていただけますか？」

「あ、なるほど」

一瞬ヒヤリとした。「いくらになります？」

「一万八千円です」

三木はホッとした。それくらいなら持ち合せがある。とんでもない金額だったらどうしようと思ったのだ。

「そう何日も泊ってたわけじゃないのかしら」

と、公枝が言って、フロントの男へ、「でも――こういうホテルは先払いじゃありませんか？」

「初めにいただいた分からオーバーしていましたので」

そういうことか。

ともかく三木は請求された分を支払って、

「どうも」

と、バッグのベルトを肩にかけて、〈Sイン〉を出た。

「さて、これからどうする?」

「どうする、って……。バッグの中身を調べるんでしょ?」

「もちろんだが、その辺で、ってわけにいかないだろう」

「じゃ、お父さんの所で」

「お前も来るか?」

「お邪魔じゃない?」

「そんなわけないだろう」

「どうせ佑二は入院してるんだし、泊ってもいい?」

だめだと言われるとは、頭から思っていない様子だった。


病院の夜は早い。

特に、都会の病院というわけでもないので、見舞客も遅い時間にはやって来ない。

加納紀夫の入院している病院もそうだった。

入院患者の夕食は午後六時には終り、後は静かである。

歩いて五分ほどのおそば屋で食事を済ませて、飯田みなみは病院へ戻って来た。

「ご苦労様です」

と、看護師と挨拶《あいさつ》を交わす。

院長の恩師が入院していて、その付き添いというので、みんな憶《おぼ》えていてくれる。

みなみは、栗田栄江に頼まれて、今夜一晩病室で過すことにしていた。何しろ週刊誌の記者だ。徹夜の一日や二日、どうということはない。

若い看護師は、週刊誌の記者と知って面白がり、みなみにあれこれ訊《き》いて来たりした。その辺も、地方ののんびりした空気が感じられて、みなみはホッとさせられた。

ナースステーションの前を通ると、

「コーヒー、いかが?」

と、声をかけられた。

「どうもありがとう」

紙コップではあるが、コーヒーはちゃんと豆を挽《ひ》いていれた、香りが高いものだった。

クッキーの三つ四つも一緒にもらって、加納の病室へ。

加納は眠っていた。――そっと息づかいを確かめると、みなみはソファに腰をおろして、ゆっくりとコーヒーを飲んだ。

娘の栄江は、通訳の仕事が入っているということで、明朝に来る予定だ。

みなみも、仕事がないわけではないが、特集記事の担当ではないので、実際、誰が何をやっていてもよく分らないのだった。

「弥生ちゃん……」

一人になると、殺された北畑弥生のことを思い出してしまう。そして、恐怖と怒りを……。そう。――こうして呑気《のんき》にしていると、今、自分が殺人事件の渦中にいるということを、忘れそうになる。

改めて、

「きっと弥生ちゃんの敵は取ってやるからね！」

と、口に出して言った。

この加納医師も襲われたのだ。

油断はできない。

とはいえ、夕食を済ませて、こうして静かな病室の中にいれば、眠くなってくるのは仕方ない。

TVを点《つ》けたら、加納が目を覚ましてしまう。——こんなときはケータイの出番。

病院の中といっても、広い病室だ。長時間話していなければ大丈夫だろう。

みなみは、仕事絡みの連絡メールを、別に急ぐでもないものまで、片っ端から打ち始めた。

ついでに、飲み友達やら、学生時代の友人に近況報告まで……。

これで二時間くらいは潰《つぶ》れた。

いい加減、指も疲れて、欠伸《あくび》しながら立ち上る。メールの返事がいくつか着信した。

「あ、栄江さんだ」

栄江から、〈ご苦労さま。何か変ったことは？〉とメールが来た。

〈大丈夫です。ご心配なく〉

と返すと、すぐに、

〈明日、午前十時までには行きます。よろしく〉

と返って来た。

みなみは病室を出て、廊下を見渡した。

もうすっかり夜中の雰囲気。——廊下の照明は半分くらいに落ちている。

静かなので、ナースステーションで、ナースコールの鳴っているのが聞こえる。

「はい、すぐ行きますよ」

若い看護師が廊下へ出て来て、足早にみなみの方へやって来る。

「ここですか?」

「いいえ、この先の病室」

と、看護師は微笑んで、「一晩に必ず三回は呼ばれるの。今にも発作を起すような気がする、ってね。なだめてあげればすぐ眠るんだけど、二、三時間すると、またね」

「大変ですね」

「患者さんを安眠させるのも治療の一つ」

と言って、足早に少し先の病室へ。

伸びをして、みなみは洗面所へ行くと、冷たい水で顔を洗った。

これでしばらく大丈夫。——廊下へ戻ると、加納の病室の方に向う看護師の後ろ姿があった。

「ご用ですか?」

と、声をかけながら、目がきれいに磨き上げられた床へ向いた。

床に泥の足跡が残っている。——みなみは、この病院が常に掃除を徹底していることをよく知っていた。

「あなた誰?」

と、少し声を高くして歩み寄ると、看護師が振り向く。

男だ！　照明が落ちていても、一見して分る。

「誰か来て！」

とっさに反応できるのは、やはり週刊誌の記者だからか。大声で叫んだ。

看護師の恰好《かっこう》をした男は、加納の病室へ入ろうとしたが、ドアが重いので手間取った。

「だめよ！」

と叫びながら、みなみは自分でもびっくりするような行動を取った。

加納の病室へ入ろうとする男に、背後から飛びかかり、しっかり抱きついたのである。

そして――。


「見て」

と、公枝はバッグの中から取り出した服を広げた。

「スーツだな」

と、三木は言った。

「ええ。しわにならないように、うまく丸めてある。これを着れば、一流ホテルにだって入れるわ」

――三木の家の居間の床に、加納祥子のバッグの中身が並べられていた。

「これは、ずいぶんすり切れた服だ。――殺されたとき、着ていたのと近いんじゃないかな」

「それを着ていればホームレスに見えるでしょうね。亡くなったときも、荷物は持っていたはずね」

「ああ、それとは別に、ちゃんと外出着も持っていたわけだ」

三木は、バッグから化粧水や口紅などの袋も取り出した。

「どういうこと？」

と、公枝は首を振った。

「つまり——祥子さんは、わざとホームレスに見えるような恰好をして、この団地の近くに来ていたってことだ」

「でも、何のために？」

「それが分ればいいんだが……」

三木は床に並べた品々を眺めて、「これで全部だな」

「特別、秘密にするような物はなさそうね」

「ああ……。身につけていた物で、何かが——」

玄関の方で音がして、

「ただいま」

と、茜が帰って来た。「あら、公枝さん」

「泊めてやってもいいだろ」

「もちろん！——これ、どうしたの？」

茜は床に広げた品々を見て目を丸くすると、「セールでも始まるの？」

と言った……。

三木の説明を聞いて、茜は、

「謎めいた話ね」

と言った。

「君は疲れてるだろ。お風呂《ふろ》に入ってやすむといいよ」

と、三木は言った。

「ええ。先にお風呂を使わせてもらうわ」

茜が伸びをして、「連日忙しくしてても、却って効果が上らない。今夜は早めに引き上げて来たの」

「早くてこの時間？」

と、公枝は驚いたように、「大変ね、本当に」

「今度の号に、クビがかかってるから」

と、わざと少しおどけて言うと、「出たら買ってね」

「ええ、十冊買う」

と、公枝は言った。

「何か食べたのか？　用意しようか？」

「お義父《とう》さんにそんなこと――」

「私、何かこしらえるわ」

「じゃ、冷凍庫にピラフが入ってるの。温めておいてくれる？」

「ええ、もちろん」

年齢も近いので、茜と公枝は気軽に口がきける。

三木は、公枝に任せることにして、祥子のバッグの中身を、もう一度見て行った。

茜が風呂にお湯を入れる音が聞こえて、

「――頑張れよ」

と呟《つぶや》く。

息子の浩一が行方不明になって、茜は辛《つら》い思いをしたはずだ。

それでも、編集長として頑張っている。何とか成功させてやりたい。

といって、三木にできることは……。

そうだ。――あの川崎という刑事の鼻をあかしてやることぐらいだ。

品物をバッグに戻すか……。

三木は空のバッグを手に取って、口を広げたが。

何か音がした。バッグの中で、ガサッと何かが動いたような。

三木はバッグの中を探ってみた。空に見えるが……。

「これだ」

バッグの布地の合間に、何かが入っている。手で探ってみると、底板の隅に、糸が切れた所があった。手を入れてみると、何かが指先に触れた。

封筒だろうか？　――つまみ出してみると、白い封筒だが、投函《とうかん》されたものではない。封はされていたが、中に手紙か何かが入っていることは手触りで分った。

少しためらったが、今は遠慮している場合ではない。ハサミで注意深く端を切って、中から取り出したのは――。

「何だ？」

と、三木は思わず呟いた。

折りたたんだ手紙らしいもの。そして写真が一枚。

その写真を手に取って、三木は目を疑った。

色のあせた古いカラー写真には、明らかに高校時代の三木自身が写っていたのである。

それも一人ではない。

並んで、少しはにかみながらレンズを見ているのは、どう見ても間違いない。祥子だった。

加納祥子――いや、高校生の仁科祥子である。

こんな写真をいつ撮ったのだろう？

三木は詰襟の学生服。祥子はブレザーの制服。

背景を見ると高校の建物、それも校舎でなく、講堂だった建物の一部が見えていた。

「――卒業式だ」

と、三木は呟いた。

カメラを手に、入れ替り立ち替り、誰かれとなく「記念写真」を撮ったものだ。

だが――祥子と二人で？　そんな記憶はなかった。それでも、確かに写真がここにある。

よく晴れた日で、三木はまぶしげにちょっと眉《まゆ》をひそめている。祥子は日射しを浴びて明るく笑顔である。

しばらくその写真を眺めていて気が付いた。二人とも、写真の左右ぎりぎりの位置に写っているのだ。

「そうか」

もっと大きく引き伸した写真の左右を切ってあるのだ。つまり、二人だけで写っているのではない。他に何人か、一緒に並んでいたはずだ。

たまたま三木と祥子が隣同士になった。そこだけを、祥子は切り取っていた……。

しかし、なぜだろう？　三木はこの写真を見た記憶がないのに、祥子はわざわざ三木と二人の所だけ切り取って持っていたのだ。

「祥子……」

本当に、三木のことが好きだったのか？　でも、そんなことがあり得たのか。

ケータイの鳴る音に、三木はハッと我に返った。まるでこの写真の中に入り込んでしまっていたようだ。

「――もしもし、みなみ君か」

と、ケータイに出ると、

「三木さん、怖いことが……」

みなみの声は震えていた。

「どうしたんだ？」

三木は緊張して座り直した。

19 避難

「本当にありがとう」

と、栄江はくり返し言った。

「いえ、運が良かっただけです」

みなみの返事も同じだった。

「とても勇敢な方ですね」

と、看護師長の女性が言った。「私どもの恰好《かっこう》をして、患者さんに危害を加えようなんて、許せませんよ！」

加納紀夫の病室に、看護師の服装をした男が忍び込もうとした。幸い気付いたみなみが、夢中で男に背後から抱きついたのだ。

騒ぎに気付いた看護師が駆けつけて来たので、男は逃げてしまった。

「しかし、君も大胆なことをしたもんだね」

と、三木は言った。

「夢中で、何も考えてなかったんです」

と、みなみは言った。「後で腰を抜かしましたけど」

「私どもがもっと気を付けていなくてはいけなかったんです」

と、看護師長が言った。

「いえ、私……」

と、みなみはちょっとためらってから、「思い出したんです。殺された弥生ちゃんのこと。私のせいで……」

みなみは涙ぐんで、

「もうこれ以上、私の目の前で人が殺されたりしたら、たまらない。その思いでとっさに……」

「おかげで、父が助かったわ。ありがとう」

栄江はみなみの手をしっかりと握った。

そして、三木の方へ、

「この病院にもご迷惑をかけることに」

と言った。「父をどこかへ移しましょう」

「そうだな」

と、三木は肯《うなず》いて、「しかし、どこへ移せば……」

「こちらで考えるより、父に訊《き》いてみましょう」

——昨夜の出来事を聞いて、朝になってから、三木と栄江は車を飛ばしてやって来たのだった。

「そんなことがあったとはな」

当の加納は落ちついたもので、「しかし、体調は大分いい。必ずしも大病院に入る必要はないと思うが」

「院長先生に伺ってみませんと」

「よろしく頼む」

「院長はシンポジウムで今、岡山に。夕方には戻られます」

「よく相談するよ」

それにしても——誰が加納を襲ったのか？

「それがふしぎね」

と栄江が首をかしげる。「ともかく、お父さん、みなみさんにお礼を言ってね。命がけで守ってくれたんだから」

「うん……」

加納は何だか目をそらしたまま、「危い目にあわせてすまなかった……」

と言った。

「いえ、そんなこと。自分のためだったんです」

みなみの気持を聞くと、加納は少し黙っていたが、

「——謝らなけりゃならんことがある」

と言った。

「お父さん、何なの？」

「祥子がどこにいるか、私は知ってた」

「え？」

「あの団地の近くのベンチに座っているところも、行ってこの目で見た」

「それじゃ……」

「いや、殺された日のことは知らない。しかし、三木さんがあの団地にいることも分っていた」

「加納さん。——その時、祥子さんと話はしたんですか？」

と、三木が訊いた。

「話しかけようと思ったのは確かだ。しかし、本当のことを聞くのが怖くて、声をかけられなかった」

「しかし、あの道のベンチは、遠くからでも目に入りますよ」

と、三木は言った。「ということは、ベンチからも、遠くにいる人が見えているということだ。祥子さんは加納さんに気付いていていたんじゃありませんか？」

加納は息をついて、

「それは分らん。気付かれていないと思っていたが……。あるいは……」

「どうしてもっと早く言わないのよ！」

と、栄江が父親をにらんだ。「他に隠してること、ないの？」

「隠していたわけでは……。ただ、栄江が私の子ではないと分って、私もいい年をしてカッとなった。『出て行け！』と怒鳴ってしまった手前、こっそり見に行ったりするところを気付かれては、と気をつかっていた」

「じゃ、私の団地にも？」

　と、三木が訊いた。

「どの部屋かは分らなかったが、団地は一度見に行った。一人でウロウロしていては怪しまれそうだから、早々に引き揚げたが……」

「そうだったんですか。訪ねて下されば良かったのに」

「今思えば確かに。三木さんとじっくり話し合っていれば、あんなことにはならなかったかも……」

「過ぎてしまったことはしょうがないわよ」

　と、栄江は言った。

　加納は三木をじっと見て、

「三木さん、あんたのことは何度か見ている」

　と言った。

「え？　団地でですか？」

「図書館だ。祥子がいるかと何度か足を運んだとき、ベンチに姿が見えないと、図書館に寄った。あんたはあそこの常連らしいね」

「ええ、定年後の人間の行ける所は限られてますからね」

「受付の女性が、あんたに『三木さん』と話しかけていた。年齢から見ても、きっとこの人だろうなと思った」

　しかし、そのことと、加納が襲われそうになったことは、どうつながるのだろう？　三木には見当もつかない。

「打ち明けて下さって、ありがとうございます」

と、三木は言った。

「しかし、私がマンションを出てしまったことで、あらぬ疑いをかけられた人がいるわけだな。真《まこと》に申し訳ない」

三木は、あのバッグの中から見付けた写真のことを、誰にも言っていなかった。

当惑と、疑いとで、混乱していたのだ。

今、こうして加納の身を心配していられることで、三木はむしろホッとしていた。

祥子の死に、自分は責任があるのだろうか？　そう考えることは辛《つら》かった。


風が凍えるように冷たい中、あのベンチに誰かが座っているのを見て、三木はドキッとした。

しかし、すぐにその「誰か」は、三木のことに気付いて手を振った。——石元早織だ。

「どうしたんだい、この寒いのに」

と、三木は話しかけた。

「三木さんが来るような気がして」

と、早織は微笑んだ。「本当だよ」

「大した勘だね。——図書館に？」

「入りかけて、やめたの」

「どうして？」

「あの刑事がいるのがチラッと見えたの。外から」

「川崎刑事？　じゃ、まだいるかな」

「もういないでしょ。車が通るのを見た」

「それじゃ、顔を出すか」

「何か話したいことがある？」

「え？」

「顔にそう書いてある」

「参ったな」

　と、三木は笑った。

　——図書館へ入って行くと、受付の柏木紀子が、

「あら。三十分前でなくて良かった」

　と言った。「あのいやな刑事が来てたのよ」

「何の用だったんだろう？　僕を捜して？」

「そうはっきりとは言ってなかったけど、たぶん私から三木さんについてのグチや噂話でも聞き出したかったんじゃないかしら」

「色々迷惑をかけて悪いね」

　と、三木は言った。「ちょっと暖まらせてもらうよ」

「ごゆっくり」

　と、柏木紀子は微笑んだ。

中へ入りかけて、三木は、

「そうだ。ここに加納さんって人が来てたかい？」

「加納？　――もしかして、白髪のお医者さん？」

三木は目を見開いて、

「そうだよ。じゃ、知ってた？」

「律儀にカードを作って行ったの。職業欄は空白だったけど」

「それじゃ――」

「見るからに、お医者さんってタイプに見えたから、『お医者様ですか？』って訊いたらびっくりしてね。『よく分るね』って」

「大したもんだ」

「だって、色んな人、見てるでしょ、この席にいると。結構見当がつくもんよ」

「それにしたって……」

「それにね」

と、紀子は微笑んで、「消毒薬の匂いがしたわ、あの人」

「なるほど」

「お知り合い？」

「その人は、あのベンチの女性の……」

「――ああ！」

と、紀子はびっくりした様子で、「加納っていうんだっけ。ニュースの〈ホームレスの女性〉ってことばっかり頭に残って……。そうだったの」

「いや、君には関係ないことだ。忘れてくれ」

三木は、早織と一緒に、奥の方の席についた。

「――純代さんは元気よ」

と、早織は言った。「すっかりうちの充子さんと仲良しになってる」

「ありがとう」

と、三木は言った。

「それで――何か出て来た？　祥子さんの持ち物から」

と、早織が訊いた。

「まあね」

三木は手に持っていたバッグを開けた。

「古いんで、ずっと使ってなかったようなんだが」

内側の布が破れている。そこから、写真を取り出す。

「ちょっと見たら空に見えるだろ」

「その写真……。見てもいいの？」

「うん。――昔の僕だが、分るかな」

祥子と写っていた卒業式の写真。早織は一目見て、

「これ、あの人ね」

「ああ。記憶の中のままだ」

と、三木は肯いた。

「この写真は……」

三木は、二人だけを切り取った写真らしいと説明した。

「――なるほどね」

と、早織は写真をまじまじと見つめて、「でも、並んで撮ったのに、間が空いてるのね……。

祥子さんは、本当は三木さんと二人だけで撮りたかったんだと思うよ」

早織の言葉は、思いがけないほど、三木の胸に刺さった。

「私、何か悪いこと言った？」

と、早織が、三木の様子をしっかり見て言った。

「いや、そんなことはないよ」

三木は首を振って、「あの店のコーヒーが飲みたいね」

と言った……。

そして二人は、いつもの喫茶店のいつもの席に座って、いつものコーヒーを飲んだ。

こうして「いつもの」ことが確かにあると感じるのは、三木にとって安堵《あんど》できる材料だった。

「この年齢になって、十代のころの思い出にショックを受けるとはね。どうもあんまり成長しなかったようだね」

と、三木は言った。

「そんなことないよ。いつまでも若さを忘れないってことでしょ」

「まあ、七十になって、『若さ』でもないがね」

と、三木は苦笑した。「君はまだ、この写真のときの僕の年齢にもなっていない」

「私、老けてるの」

と、早織は真面目くさって言った。

「ともかく――祥子さんが殺されたことに、僕が係ってるのは確かなようだね。どうして声をかけてくれなかったのか」

「たぶん祥子さんは三木さんに迷惑かけたくなかったんだよ。それに、もし会っても思い出してもらえなかったら、ショックでしょ」

「なるほど。そんなことは絶対になかったけどな」

「半世紀もたてば、人間は変るわ」

「確かにね。自分じゃ人からどう見えるか、分らないからな」

しかし、そうなると、謎は初まりに戻っていく。

なぜ、祥子は殺されたのか？

「祥子さんを殺して、得をする人間なんかいないだろう。損得じゃなくても、恨みや怒りといっても……」

「でも、人って思いもかけない理由で、真剣に悩むことがあるよ」

「それはそうだな、他人から見れば、どうってことのないことでも……」

と、三木は肯いて、「僕は高校生になるまで、全く泳げなかった。どうしてだか、小さいころから水が苦手でね。高校三年生で、やっと少し泳げるようになった。――大したことじゃないのに、僕にとってはコンプレックスだった」

「分る。私は……」

と言いかけて、早織は言葉を切った。

「どうかしたかい？」

「ううん、別に」

と、早織は首を振って、「人って自分の思ってもみないことで、人から恨まれることもあるよね」

「そうだな。祥子さんも、人の恨みを買うような人じゃなかったが、誰かにとっては、憎しみの対象になっていたのかもしれない」

そう言って、三木はそっと上着のポケットを探った。そこには、この写真と一緒に隠されていた手紙が入っていた……。

三木のケータイが鳴った。

「加納さんだ。——もしもし、三木です」

「やあ、色々心配かけてすまん」

と、加納紀夫は言った。

ずいぶん声に張りがある。

「いかがですか、具合は？」

「今、親しい友人の病院で検査を受けたところ、状態はかなり良くなっているそうだ」

「それは良かったですね！」

「まあ、数値を見れば、私も医者だ、自分の体のことはよく分る。しかしね、三木さん」

「何でしょう？」

「真実は一つしかない。そうだろう」

「それは――栄江さんのことですか。僕の子だという……」

加納はそれには答えず、

「私は病院に戻ることにしたよ」

「え？　N医大病院にですか？」

「そうだ。私のいるべき場所はあそこしかない」

「でも――何か危険はありませんか？」

「医者が自分の安全ばかり考えていたら、患者は良くならないよ」

加納は妙に明るい口調で、「それだけだ。一応知らせておこうと思ってね」

「それは――」

切れてしまった。

早織も、加納の声を聞いていた。

「何だかおかしいわね」

「君もそう思うか？」

「何だか、吹っ切れたような言い方じゃない？」

「僕もそう思った。――何か決心したんだ、きっと」

少し間があって、

「病院に行った方が？」

と、早織が言った。

「そうしよう」

「私も行く」

「しかし、危険かもしれないよ」

「言い出したら聞かないってこと、まだ分ってない？」

と、早織は言って、立ち上った。

20 助走

取材は退屈だった。

デスクに言われて、飯田みなみは、あまり好みでないタレントの話を聞いていた。カメラマンが同行している。

「それで、これから挑戦してみたいことは……」

メモにあった質問をしたが、二十代半ばの男性タレントは、

「ドラマに出たいね。それも刑事物とかさ。アクションは得意だし」

と、タバコをふかしながら言った。

「あ、タバコ喫ってるところは撮らないでね！」

そばについているマネージャーが、カメラマンをにらんで言った。

カメラマンは、ちょっと肩をすくめて、何も言わずにカメラから手を離した。

撮られたくなきゃ、取材の間くらい、喫わなきゃいいんだ。

みなみもそのカメラマンの気持に同感だった。

「じゃ、何かドラマのお話が？」

と、みなみが訊《き》くと、マネージャーがすかさず、

「まだ情報解禁になってないんだよ。書かないで」

「はあ、そうですか。『ドラマをやりたい』ぐらいのことは書いてもいいですか？」

「うん、まあ……。でも、具体的なことはだめだよ」

「分りました」

たぶん、ドラマの話、だめになるんじゃないですか、と言いたかったが、何とかこらえた。

ちゃんとセリフを憶《おぼ》えられるとは、とても思えない。でも、そうは書けないし。

「どうもありがとうございました」

と、みなみは切り上げることにした。

「ちゃんと原稿、見せてよ」

と、マネージャーが念を押す。

「もちろんです」

内容空っぽのインタビュー記事になりそうだ。

「おい、もう行くよ」

マネージャーが声をかけると、タレントの方は、

「うん？ ——次、何だっけ？」

「クイズだろ。タバコ、こっちへ」

マネージャーが、喫いかけのタバコを取り上げると、お茶の入った紙コップへ放り込んだ。

——みなみは、そのタバコの匂いに、ちょっと眉《まゆ》をひそめた。

これって、もしかして……。

「それじゃ」

と、スタッフルームを出て行く二人を見送って、みなみは紙コップから、吸いがらを拾い上げた。

「ね、この匂い、気が付いた？」

と、カメラマンに訊く。

「それ？ ——ああ、少しマリファナの匂いがする」

「ね？ やってるのかな。突然掲載できなくなることもあるよね」

「デスクに言っとけば？」

「そうする」

みなみはティッシュペーパーに、その吸いがらを包んで、ポケットに入れた。

ケータイの電源を入れると、すぐに電話がかかって来た。

「あ、三木さん。何か？」

話を聞いて、みなみはびっくりした。「加納さんが戻るんですか？ ——ええ、すぐ病院へ

行きます」

カメラマンへ、

「後、頼むね！」

と、声をかけて、急いでスタッフルームを出た。

廊下を行くと、さっきのマネージャーが男子トイレの前に立っている。タレントが出て来るのを待っているのだろう。

みなみに気付かないまま、マネージャーは手にしていた白い紙を破いて、そばの屑《くず》カゴに捨てた。そしてタレントが出て来ると、

「急ぐぞ。着替えるんだ」

と、せかして去って行った。

みなみは、ちょっと気になった。マネージャーが、あの紙をいやに細かく破って捨てていたからだ。あれって何が……。

ちょっと辺りを見回してから、みなみは屑カゴを覗き込んだ。ほとんど空で、今捨てられた紙がすぐに分る。

拾ってみて、病院の薬を入れる袋だと分った。あのタレントが、どこか具合でも悪いのか？

破られた紙を合せてみて、

「え？」

と、思わずみなみは目を見開いた。

薬袋には、〈N医大病院〉と印刷してあったのだ。

もちろん偶然だろうが……。いや、このTV局は、〈N医大病院〉からそう遠くない。

どこか悪くなって、そこへ駆け込んでもふしぎではない。

でも、なぜこんなに細かく破って捨てる必要があったのだろう？　みなみはその薬袋もポケットに押し込んだ。


「おはよう」

もうとっくに夕方になっているというのに、そう声をかけられて、ベテランの看護師は面食らった。

そして、反射的に、

「おはようございます！」

と、返していた。

相手が誰だったか気付いたのは、すれ違って、七、八メートルも行ってからだった。

あわてて振り向くと、

「加納先生！」

と、つい大きな声で呼んでいた。

「何だ？　急な患者かね？」

と、加納が振り返って訊いた。

「いえ——そうじゃありませんが……。いつ出て来られたんですか？」

「おいおい」

と、加納はちょっと笑って、「それじゃまるで刑務所から出て来たみたいだ」

「いえ、そんな——。そんなつもりでは……」

「分ってるよ。ついさっきだ。正確に言うと、三分二十秒くらい前かな」

と、真面目くさって言った。「具合の悪い患者は？」

「あ……。今すぐに危いという方は、今のところいらっしゃいません」

「そうか。必要なときはいつでも呼び出してくれ」

「分りました……」

看護師は、加納の、いやにきびきびとした後ろ姿を眺めていたが——。

「——そうだわ」

看護師は小走りにエレベーターへと向った。


「一体どうしたんでしょうね」

と、早織がタクシーの中で言った。

三木と二人、〈N医大病院〉へと向っていたのである。

「考えたんだが……」

と、三木は言った。「加納さんが姿を消したのは、祥子さんがいなくなったからじゃないかもしれない」

「つまり——」

「加納さんには、病院にいられない理由があったのかもしれないってことだ」

「病院にいると、危険だとか？」

「マンションからもいなくなっていたということは、加納さん自身が、人に言えない秘密を抱えていたからじゃないだろうか。そのことが、祥子さんの家出にもつながっていたかもしれない」

「そうね。——加納さんはベテラン医師で、ある程度、何をしても許される立場だったし」

「うん。——もちろん、こんなことは考えたくないが、加納さんが〈N医大病院〉の隠された秘密を知っていた、あるいは直接係っていたとしたら？」

「加納さんが、得体の知れない男に狙われたのも分るわね」

「そして、今、加納さんは、それに立ち向おうとしているのかもしれない」

早織は少し考えて、

「三木さん」

「うん？」

「加納さんは、他の病院で調べてもらって、良くなってたということだけど……」

「それが？」

「逆じゃない？　むしろ、もう長くないと言われて、何かを決断したんじゃ？」

「——そうか」

三木は、早織の言う通りだと思った。そして、

「急いでくれ！」

と、ドライバーに声をかけた。

三木と早織の乗ったタクシーが〈N医大病院〉の前に停ると、ほとんど同時に、あと二台のタクシーがすぐ近くで停った。

「三木さん！」

一台からは、みなみが降りて来た。そしてもう一台から降りて来たのは、栄江だった。

「ここの看護師さんから連絡もらったの」

と、栄江が言った。「父が戻ったって」

「そうなんだ」

三木は肯《うなず》いて、「何か危険な目にあってなきゃいいが。ともかく入ろう！」

三木を先頭に、病院の中へ入って行くと、ベテランの中年の看護師が、すぐに駆け寄って来た。

「栄江さん！　加納先生が――」

「山野《やまの》さん！　父はどこ？」

と、栄江は訊いた。

「院長室に入って行かれたんですけど……」

「院長室ね」

「でも――中で何か大声で言い争っておられて」

「それで？」

「分りません。私、受け持ちの患者さんに呼ばれて、またすぐ戻ってみたんですけど、院長室には誰もいなかったんです」

「呼び出してみてくれる?」

「分りました」

山野という看護師が受付の窓口へと駆け出して行く。

「山野昭子《あきこ》さんといって、私もずっと前からよく知ってる人なの」

と、栄江は言った。「父のことをとても尊敬してくれていて」

「お父さんは院長とうまく行ってないのか?」

「今の院長は医者じゃなくて、製薬会社が送り込んだ人なの。父もだけど、現場の医師に評判が悪い」

そのとき、館内に、

「加納先生、院長先生、至急受付までご連絡下さい」

と、アナウンスが流れた。

山野昭子が戻って来ると、

「だめですね。二人とも何も言って来ません」

と、息を弾ませて言った。

「院長と言い争ってるって、どういうこと?」

と、みなみが言った。「もしかして、禁止されてる薬とか、出してません?」

「みなみ君――」

「私、さっきインタビューしたタレントが、マリファナやってるのに気付いたんです。この病院の薬袋を、マネージャーが捨ててました」

「そんな……」

と、山野昭子が息を呑んで、「でも噂はありました。夜中に、こっそり何か薬を取りに来る人がいるって」

「このN医大病院がそんなことまで？」

と、栄江が啞然《あぜん》として、「でも、私も病院が大赤字になって、それで製薬会社が好き勝手をするようになったと聞いたことがある」

そのとき、若い看護師が小走りにやって来た。

「山野さん！」

「どうしたの？」

「今、エレベーターを降りたら、入れ違いで院長と加納先生が」

「じゃ、どこへ？」

「分りません。でも上に向ったんです」

「上に？」

と、栄江は言って、「もしかすると屋上に行ったのかもしれないわ！」

「二人だけじゃありませんでした。知らない男の人が白衣を着て、加納先生の腕をつかんで……」

「行ってみよう、急いで」

と、三木がエレベーターへと駆け出す。

みんなが後に続いた。

〈R〉の階でエレベーターの扉が開く。

三木は真先に飛び出した。――屋上を冷たい風が吹き抜けていく。

屋上は暗かったが、その中に、白く動くものが見えた。白衣だ。

「何だ！」

と、三木は怒鳴った。「何をしてる！」

エレベーターホールの明りが、わずかに屋上へと延びている。その中に、白衣の男がもう一人の白衣の男性――ぐったりとして気を失っているらしい男性を引きずって行こうとしていた。

「邪魔するな！」

ぐったりとした男性を下ろすと、男はナイフを取り出して、「けがしたいのか！」

三木は振り向いて、

「早織君！　階段を下りて、人を呼ぶんだ。そして一一〇番してもらえ！」

「分った！」

早織が駆け出して行く。

「刃物が何だ！」

と、三木は言った。「ここにいる全員を殺すつもりか」

男も、三木の後から次々に現われる女性たち――みなみ、栄江、そして看護師の山野昭子を見て、たじろいだ。

「畜生！」

男はナイフを振りかざすと、三木たちの方へ突っ込んで来た。

「危い！　よけろ！」

三木たちが左右へ分れると、男は間を駆け抜けて、階段へと——。

だが——。

「ワッ！」

という声がすると、ダダッという派手な音がした。

「三木さん——」

「倒れてるのはお父さんだ。早く行って」

「ええ」

栄江と昭子が、横たわっている白衣の男性へと駆けつける。

「お父さん！　しっかりして！」

と、栄江が叫んだ。

三木とみなみは階段へと駆けて行った。

「助けてくれ……」

と、呻《うめ》き声がした。

見下ろすと、ナイフの男が踊り場に倒れていた。脚が妙な具合にねじれている。

「——転り落ちたの」

と言ったのは早織だった。「自分のナイフで、脇腹を刺したみたい」

「あの男だわ！」

と、みなみが指さして、「加納先生の病室に、看護師の恰好《かっこう》して入ろうとした奴だわ！」

「早織君、君……」

「ちょっと、足を引っかけてやっただけ」

と、早織が肩をすくめて言った。

「危い真似は――。いいから、人を呼んで来て！」

「はい！」

早織は階段を軽やかに駆け下りて行った。

三木たちは屋上の栄江たちの所へ駆け寄った。

「大丈夫です！」

と、昭子が言った。「気を失っておられますが、何か薬をかがされたんでしょう」

「首にロープが……」

と、みなみが、加納の首にロープの輪がかかっているのを見て、目をみはった。

「大方、手すりから加納さんの体をぶら下げて、首を吊《つ》って自殺したと見せかけようとしたんだな」

「お父さん！　具合が悪いのに、こんなこと……」

栄江は加納の手をつかんで、涙ぐんだ。

「ストレッチャーを持って来ます」

と、昭子が駆け出して行く。

「三木さん……」

「良かった。——な、栄江さん。君の父親はやっぱり加納さんだ。そうじゃないか？」

「ええ……」

栄江は涙を拭《ぬぐ》って、「今、私もそう言おうと思ったの。こうして心配している自分が、何よりの証拠だわ」

「そうだとも」

三木は肯いて言った。そして、

「ハクション！」

と、大きなクシャミをした。

「寒いわ、ここ。三木さん、エレベーターの方へ入ってて」

「そんなわけにいくか。加納さんを置いて」

三木は、グスッとはなをすすった。

「——一一〇番してもらったよ」

と、早織が戻って来る。「大丈夫？」

「ああ。あの男は——」

「脚、折れてるし、ナイフの傷から出血してる。でも、私、何ともできないしね」

「全く、危いことをして……」

と、三木が苦笑すると、早織は、

「私にだって、見せ場がないと。ねえ？」

と言った。

21　行き止り

「今回の事態は、大学病院としてあるまじきことで……」

沢山のマイクに向って話しているのは、加納紀夫である。

危うく殺されかけ、麻酔薬をかがされたり、首に縄をかけられたり、散々な目にあって、七十歳の身にはかなり応《こた》えたはずだが、

「そんなことは言っていられない」

と、記者会見に臨んだのだ。

製薬会社から送り込まれた院長が、理事会ともども「事件」に係っているとあって、マスコミも大騒ぎになっている。取りあえず、〈院長代行〉を名のって、加納が会見しているのである。

「病院関係者、医師、看護師の皆さん、そして何より患者の皆様に大きな不安と心配を与えたことは、申し訳なく思っております」

と、加納は言った。「この事態の詳細は、まだ不明な点が多く、今後調査しまして、真実を明らかにしていきます」

「第三者委員会を立ち上げるんですか?」

と、記者の一人から質問が飛んだ。

「その必要があると考えます。しかし、メンバーはこの病院との係りを一切持たない人を、と思います」

と、加納は言った。「確かに、病院経営をきっかけに、様々な問題がありました。しかし、本病院における診療、治療に関しては全く問題なく、全力を尽くして当っております。その点は信用していただきたい」

加納は力をこめて言った。もっともすこし口が回らなくて、「全力を」が「ぜんろくを」になってしまったりしたが、誠実な発言であることは理解してもらえたようだった。

「一つ伺いますが」

と、TV局のリポーターの女性がマイクを手に立って、「有名タレントの何人かに、違法な薬物を出していたとの噂がありますが、事実ですか?」

加納はちょっと息をついて、

「残念ながら事実と思われます」

と言った。

「誰ですか?」

「具体的に挙げて下さい!」

と、いくつも声が飛ぶ。

「それは警察とも協力して、事実を明らかにすることなので、私がここで申し上げることはできません」

と、加納は言ったが、記者やリポーターからは、具体的な役者やタレントの名前が、

「あの人は？」

と、次々に挙げられる。それでも、

「ここではお答えできません」

と、加納はくり返した。

三十分ほどで会見は終わったが、加納は汗をかいて息も絶え絶えという様子だった。

「――先生、大丈夫ですか？」

看護師長が心配してくれている。

「何とかね。しかし、やるべきことはやらなければ……」

「少しお休み下さい。診療を始めたら、当分は他のことができません」

「まあ、そうだね。じゃ、仮眠室で少し寝るよ」

「それがよろしいですわ。すぐ用意をします！」

と、看護師長が駆けて行った。

加納が院長室に入って、ソファでぐったりしていると、ケータイが鳴った。

「ああ。――三木さんか」

「お疲れさまでした」

と、三木が言った。「記者会見、TVで拝見しました」

「いや……早く片付けて、マンションで思い切り眠りたい」

と言って、加納は大欠伸《あくび》をした。

「それで、警察からは、何か言って来ましたか？」

「そうだな。私も、病院のことで手一杯だったから……。あの男は、ともかく殺人未遂で逮捕されたそうだ。ともかく、骨折と、ナイフの傷で、当人は呻《うめ》いている」

「国井《くにい》といいましたか」

「ああ。院長だった高木《たかぎ》の用心棒のような男だった。私も顔ぐらいは見て知っていたが……。まさかあんなことをする男だとは」

「取り調べは？」

「川崎という刑事が、病室で国井を訊問《じんもん》していたようだ。マンションの受付の子を殺したことは認めたそうだよ」

「北畑弥生さんですね。みなみ君が悔しがっていたから、それだけでも良かったです」

「他のことは——高木の取り調べが先になるようだ。違法薬物の件では、それを買っていた人間も当然罪になるから、これから大変だろう」

「みなみ君が見かけたタレントを初め、有名人の名がいくつも出ていますね」

「しかし、そのことは三木さんたちとは係りないだろう」

「おそらく。——でも、祥子さんは刃物で刺されていますし。国井の犯行という可能性も」

「そうだな。しかし祥子は病院内のことに係っていなかったと思うが……」

「ともかく、まだ純代さんのことはこちらで預かったままにしておきます」

「よろしく頼む。栄江はどうしてるかな？」

「あなたのことを心配していますよ。殺されそうになったところをせっかく助かったのに、体に負担が――」

「分っている。しかし、この病院のことは私も放っておけないからな。大丈夫。医者が大勢ついていてくれる。そう伝えてくれ」

「分りました。――夜には栄江さんもそちらに行くと思います」

「うん。――それに、三木さん、あんたに礼をちゃんと言っていなかったね。命を救ってくれたのに」

「七十歳には大冒険でしたよ」

と、三木は言った。「みなみ君や、何人もの力です。ともかくご無理のないように」

看護師長が、

「先生、仮眠室の用意が」

と、呼びに来た。


「大丈夫なの？」

と、公枝が言った。「あんな危いことして。病院で検査してもらったら？」

「心配いらないよ。別に犯人と格闘したわけじゃない」

と、三木は言った。

公枝は、三木の部屋の方が居心地がいいようで、あまり家に帰っていない。

夫の工藤は入院したままで、愛人の佐田恵子が、もっぱら看病しているようだった。

「夕飯の支度するわ」

と、公枝は言って、表の様子を見ると、「そう寒そうでもないわね。買物に行ってくる」

「おい、どうするつもりだ?」

と、三木は言った。

「工藤とのこと?　ここまで来ると、もう別れるしか……」

「しかし――」

「分ってるわ。でも、お腹の子は、『私の子』だから。――工藤がいなくなっても、育ててみたい気がするの。大変だろうけど」

「僕も少しは力になれると思うが。――それも限度がある」

「ええ、お父さんに無理はさせないわ」

公枝は出かけて行った。

三木は、ちょっとソファに横になった。

あれこれあって、疲れもたまっていたのだろう。以前にはあまり覚えのない、胸の痛みを感じるようになっていた。

「心臓かな……」

こうしている間に、発作を起すかもしれないという怖さを、公枝の前では見せないようにしているが、あのふしぎな少女、石元早織はなぜか見抜いて、

「少し休まなきゃ。心臓の専門医にかかってね」

と言っている。

そうだ。――今死ぬわけにはいかない。

祥子を殺したのは誰なのか？

ナイフを使っていた国井が疑われても当然だろう。——前院長の高木という男の指示だったとしたら、祥子がたまたま病院の問題に気付いていたからかもしれない。

「——ただいま」

玄関を入って来たのは茜だった。

「やあ」

「起きないで下さい」

と、茜は手で抑えて、「私、お風呂《ふろ》に入ります」

「そういえば、ゆうべは帰って来なかったんだな」

「ええ。ずっと徹夜で、ライターの記事の見直しが。それに、N医大病院の件で、芸能界もパニックですから。どたん場で、カラーページとか、差し換えるなんてことになったら……」

茜は伸びをして、腰の辺りを自分で叩くと「ぎりぎりまで待って校了ですね。——それらしく名の挙がっている人が、新年号にも何人かいるの」

「しかし、すぐ逮捕じゃないだろう」

「そう祈ってるわ。——失礼して」

茜はもう服を脱ぎながらバスルームへと向った。

白い肌がチラリと三木の目を射る。

「そうだ」

三木は買物に出た公枝に連絡して、「茜さんも食べるようだ。余分に」

と言った。

「もうお店の中。多めに買っておきます」

「そうしてくれ。——もしもし？」

「ちょっと」

公枝が、「——お父さん？」と、真剣な口調で言った。

「どうかしたのか？」

「い、兄さんが……」

「浩一が？」

「ええ。——今、同じスーパーで買物してるの。間違いなく、兄さんよ」

「すぐ行く！」

三木はソファから起き出して、急いで身支度をすると、お風呂の茜に声をかけ、そのまま急いで玄関を出たのだった。

動悸《どうき》が速まるのを感じつつ、三木はスーパーへと急いだ。

走るな。——焦るな。

心臓に負担になるぞ。そう分ってはいても、のんびり歩くわけにもいかない。

二年前、突然家を出てしまった息子、浩一が、スーパーで買物をしているというのだ。

一体二年間、どこでどうしていたのか。

ともかく逃げられないようにしなければ。

スーパーまでは、そう遠くない。

もう少しで見えてくる、という辺りで、ケータイが鳴った。茜からだ。

「お義父《とう》さん！　今どこです？」

「もうじきスーパーだ」

「私もそっちへ向っています。車が使えないので――」

「うん。公枝がスーパーにいる。もし浩一が出ようとしたら、止めておいてくれるだろう」

「ともかく急いで……」

茜も息を弾ませていた。

「――あれだ」

一旦《いったん》ケータイを切って、少し足取りを緩める。――三木の心臓は、ほぼ限界に近いほど高鳴っていた。

スーパーは、ちょうど混雑する時間だ。

レジにはどこも長い列ができている。

三木は中へ入ると、公枝の姿を捜した。

しかし、出入口からは、並んだレジに遮られて、店の奥の様子は分らない。奥へ入ってしまったら、公枝と入れ違ってしまうかもしれないと思って、立ちすくんでいると、

「お父さん！」

気が付くと、公枝が腕をつかんでいた。

「間違いないのか。どこにいる？」

「まだ中よ。ここを通らないと出られないから、大丈夫」

この辺りでは大きなスーパーだが、出入口はこちら側だけだ。

「茜さんもこっちへ向ってる」

と、三木は言った。「お前、ここで茜さんを待っててくれるか。俺は浩一を捜す」

「でも……」

公枝が何か言いかけたが、じっとしてはいられなかった。三木はレジの外側を回って、売場の方へと入って行った。

誰もが店内用のカゴをさげているので、ぶつかりそうになる。

このどこかに浩一がいるのだ。

そして――三木は足を止めた。

あれか？　確かに……。

一瞬、三木は公枝がよく似た他人を浩一と見間違えたのではないか、と思った。

いなくなって、まだ二年。浩一は四十過ぎのはずだった。

しかし――今、三木が見ているのは、すっかり髪が薄くなって、残った髪も真白になった「初老」とでも言うしかない男だった。

いくら何でも、あんなに……。

しかし、それは間違いなく息子、浩一だった。急に老け込み、店内用のカートを押して歩いているところは、弱々しくさえあった。それでも、よく見れば確かに浩一だ。

棚の向うに姿が隠れる。三木は急いで、その棚の方へと人をよけて歩いた。

「お父さん」

公枝の声に振り向くと、茜が息を弾ませて立っていた。

入浴中に飛び出して来て、髪がまだ濡《ぬ》れているが、それどころではない。

「あの人は……」

「うん、今カートを押してる。あのグレーのジャンパーだ」

「あんなに髪が……」

「そうだろ？　しかし、顔を見ると……」

クルリと振り向いて、浩一が戻ってくる。棚を眺めて、何か探しているらしい。

「──本当だわ」

と、茜が呟《つぶや》くように言った。「まるで二十歳も年齢《とし》を取ったみたい」

「でもね」

と、公枝が三木をつついて、「ちょっとこのまま見てて」

「何だと？」

三木が戸惑っていると、思いもかけないことが起った。

長い黒髪の、三十代の前半ぐらいかと思える女性が、浩一へと歩み寄って、

「あなた」

と、声をかけたのだ。

そして手にしていたオリーブオイルのびんを、カートに入れた。カートの中は、かなり野菜や肉のパックで埋っていた。

そして、それだけではなかった。

浩一に寄り添って棚から品物を手に取り、カートに入れている女性は、小さな赤ん坊を抱いていたのである。

「──まさか」

と、公枝が呟く。

「ともかく……」

三木は浩一の方へ行きかけたが、茜が、

「待って」

と、三木の腕をつかんで止めた。

「茜さん……」

「このまま、見ていましょう」

茜は浩一たちの目に入らないように、棚のかげに退《さ》がった。

浩一たちは、カートにミネラルウォーターのペットボトルを数本入れると、レジの列に並んだ。

「──あの女性に見覚えは?」

と、三木は茜に訊《き》いた。

「いえ、全くありません」

「あの子、どれくらいかしら?」

と、公枝が言った。

「さあ……たぶん一歳になるかどうかじゃない?」

「じゃ……浩一兄さんの？」

「分らないけど……。どう考えたらいいのか分らない」

三木は息をついて、

「ともかく、見付けたんだ。きちんと話をしなくては」

と言った。

「でも今、ここでは……」

混雑しているスーパーのレジの前で、そんな話はできない。

しばらくして、やっと浩一たちの番になった。——三木たちは、隅を回って、スーパーの出入口の外へ出た。

会計が終れば、こっちへ出て来るはずだ。

風が冷たく首筋をなでて行く。——カートを押して、浩一たちが出て来た。

「車かな？」

しかし、浩一たちがカートを止めたのは、自転車のそばだった。自転車のカゴに買った物を入れたが、入り切らず、浩一が残りの袋を手に持った。

そして、店内用のカートを浩一が押して戻して来ると、二人は——赤ちゃんを入れれば三人だが——歩き出した。女性の方が自転車を押して、浩一は袋を腕にかけたまま、赤ちゃんを受け取って、抱いて歩いていた。

「——お父さん」

と、公枝がつつく。

「うん。ともかく話をしよう」

三木が歩き出そうとすると、

「待って下さい」

と、茜が言った。「このまま、ついて行きましょう」

「しかし――」

「いいんです。きっと遠くない所に住んでます」

三木は当惑したが、茜には何か考えるところがあるようで、黙って浩一たちの後について行った。

――十分ほど歩いただろうか、ゆっくりした足取りが速くなったのは、赤ちゃんが泣き出したからだった。

「オムツが濡れたのかな」

と、三木は言った。

「あのアパート？」

公枝は、浩一たちが、二階建の大分古くなったアパートの前に自転車を停めるのを見て言った。

二人は一階の部屋のドアを開けて中に入った。茜はそのドアに近付くと、表札を見て、そのまま戻って来た。

「表札は〈山内《やまうち》〉となってました」

「茜さん、ともかくこのままでは――」

「いえ、今日はやめましょう」

と、茜は言った。

「どうして？　せっかく見付けたのに」

と、公枝が言った。

「住んでいる所は分ったんだから。私も、今あの人に会ってどう言えばいいのか……」

と、茜は首を振って、「それに――お義父さん」

「うん？」

「あの人の老け方。普通じゃありませんね」

「それは僕もそう思ったよ。病気でもしたのか。ずいぶんやつれていたし」

「また改めて、会って話します。――今、そんなことで時間を取られてはいられないんです」

茜は静かに言ったが、決心は固いようだった。

「君がそう言うなら……」

「今は雑誌の校了が最優先なんです。印刷所を待たせるわけにはは。――すみません」

「いや、浩一は僕の息子だ。何があっても、僕も無縁ではいられない」

「ええ、もちろんです。――戻りましょう」

茜が促して、三人は来た方向に歩き出した。

浩一たちのアパートは、スーパーを挟んで団地とは反対の方角にある。

「――寒くないか」

と、三木は言った。「髪が濡れたままだ。風邪をひくと――」

「じゃ、スーパーの近くで何か食べて行く?」

と、公枝は言った。「お財布持ってるのは私だけか」

「そうだな。ごちそうになろうか」

「いやだ。後でちゃんと払ってよ」

公枝の言葉で、三木も少し気持が和んだ。

茜のケータイが鳴った。

「――はい。治子ちゃん、どうなった? ライターさんは捕まった? ――そう、良かった! じゃ、後は任せるわ。あ、それとね、プロフィールの囲み記事だけど……」

茜は編集長の声になっていた。

22 遠い一夜

「ああ、三木さん」

図書館へ入って行くと、受付でいつもの通り柏木紀子がメガネを直しながら顔を上げた。

「ここ何日かみえないんで、どうしたのかなって……」

「色々と大変でね」

と、三木は言った。

「TVで見ましたよ。あの病院の話でしょ?」

「そう。当分は騒ぎがおさまらないだろうね」

と、三木は肩をすくめて、「今日は少し腰を落ちつけて読書しようと思って。やっぱり、本に囲まれていると気分が鎮まるよ」

「ぜひ、のんびりして」

と、柏木紀子が微笑んで、「ドイツの小説が何冊か入ったわ」

「そいつは珍しいね。楽しみだ」

と、三木が奥へ入りかけると、

「三木さん」

と、紀子が声をかけて、「あの感じの悪い刑事はもう来ないかしら?」

「川崎さん? どうかな。――あの病院で逮捕された国井って男が、加納祥子さんも殺したのなら……。今のところ、マンションの受付の子を殺したことは認めてるけど」

「恐ろしいわね」

と、紀子は眉《まゆ》をひそめて、「ごめんなさい、呼び止めて」

「いや、構わないよ。十二時過ぎたら、またラーメンでも食べてくる」

そう言って、三木は書棚の奥の方へ入って行った。

新しく入ったドイツの小説は、十代の青少年向けに書かれた物語だった。しかし、冒険小説やファンタジーではなく、第二次世界大戦下、ナチスの支配下のドイツ郊外の町で生きる少年の話だった。

「ドイツだな……」

と、ページをめくりながら呟《つぶや》く。

戦後七十年以上たっているのに、今なお、戦後生れの作家によって、かつての暗い歴史に光を当てて小説が書かれる。

一つの思想に染め上げられた熱狂が国を覆いつくすとき、どうやって自分を保って生きられるか。その困難さは、決して過去のものではない。

今の「貧しさ」「惨めさ」を嘆いてばかりいると、いずれは「誰かが悪いからだ」という思いに取りつかれてしまう。

そんなことは、世界中でくり返し起っているだろう。——この大戦中の少年の物語は決して古くないのだ。

もちろん三木も戦後生れだ。しかし、三木が小学校に通っていたころ、すでに戦争は「終ったもの」と片付けられていた気がする。大人たちは、「思い出したくない」ことは「なかったこと」にして済ませていた。

三木にも、そんな大人の身勝手さは感じられていた……。

その本は、青少年向けなので、活字も大きめで七十歳の三木にも読みやすかった。

机に落ちついて読み始めたが——。

五分としない内に、三木のケータイに着信があった。マナーモードにはしてあったが、ちょっとあわてて席を立った。

急ぎ足で表に出ると、

「三木ですが」

「あの――三木さんですね」

若い女性の声で、「〈J〉編集部の芝田といいます」

「ああ、治子さんですね？　茜からいつも」

「あの――茜さんが編集部で倒れて」

三木は息を呑《の》んだ。――この二日間、茜は帰宅していなかった。

「それで？　今は――」

「救急車で〈N医大病院〉に」

と、治子は言った。「茜さんが、そこにしてくれと」

「分りました。すぐ向います」

と、三木は言って、「意識はあったんですね？」

「過労だと思います。この二日、ほとんど寝てなかったので」

「心配してたんですが。知らせてくれてありがとう」

「私も仕事の切りがついたら、病院へ行きます」

「よろしく。茜の仕事は――」

「全部の校了が終ったんです。それでホッとして――」

「そうですか」

必死だった茜の気持を考えると無理もないが、ともかく終らせていたのは良かった。

三木はすぐタクシーを呼んだ。

〈N医大病院〉は大分落ちつきを取り戻していた。

もちろん、病院の外で、あれこれ大変なことになってはいるのだろうが、少なくとも忙しく立ち働く医師や看護師たちに、迷いはなかった。

三木がタクシーを降りて正面玄関から入って行くと、

「ああ、三木さん」

ちょうど加納がいて、声をかけて来た。

三木は、白衣姿の加納がずいぶん若くなったように見えて驚いた。

「どうも。——息子の妻が倒れてこちらに」

「そうですか。じゃ、調べましょう」

足取りもしっかりして、力強い。

病院の危機に直面して、今は〈院長代行〉だが、事実上のトップだ。その責任感が、加納にエネルギーを与えているのかもしれない。

もちろん、解決しなければならない問題はいくつもあったが、スキャンダルがＴＶをにぎわせても、混雑する患者は少しも減っていない様子だった。

「——三木茜さんですね」

と、加納はすぐに救急外来で調べてくれて、「大丈夫。今、点滴して眠っているそうです。特に異状はありません」

「良かった！　女性誌の編集長でしてね。忙しくて大変だったようです」

「そうですか。女性たちは頑張ってますな」

と、加納は明るい口調で、「病院でも、男たちはオロオロしてるが、女性たちは、何があろうと、変らずに駆け回っていますよ」

——茜が、夫、浩一の姿を見かけてから、五日たっていた。

茜と、その件についてゆっくり話してはいない。茜はそれどころではなかったのだ。

公枝は、家にはときどき帰っているだけで、三木の所に落ちついてしまっている。夫、工藤佑二はまだ当分入院で、愛人の佐田恵子がずっとついているらしい。

加納は呼ばれてすぐに行ってしまった。

病室は、今他に空きがなくて個室だった。三木はベッドのそばの椅子に、そっと腰をかけて、静かな呼吸をしている茜を見守った。

だが——茜は眠っていなかった。目を開いて、三木を見ると、

「ご心配かけて……」

と言った。

「いや、ただの過労だそうだよ。ゆっくり休めば良くなる。もう休めるんだろ?」

「一つ終っても、次も、その次も、仕事は続きますから」

と、茜は言って、「でも取りあえずは一段落です」

「じゃ、少し休みを取って、温泉にでも行ってくるといい」

「温泉か……。いいですね」

「治子ちゃんが知らせてくれてね。じき、駆けつけてくるだろう」

「元気の塊ですもの、かないませんよ」

と、茜はちょっと笑った。

「色々大変だったからな。何もかも忘れて……。僕と公枝も一緒に、どうだい」

正直、そううまくいくかどうか分らなかったが……。

すると、茜が深く息をついて、

「お義父《とう》さん……」

と言った。「お話ししなきゃいけないことが……」

「何だい？　疲れるような話なら、今でなくても」

「いえ……。いつまでも黙っては……」

「浩一のことか？」

「ええ。――あの老け方を見て、私……。私のせいなんです」

「いや、浩一が家出したのは――」

「聞いて下さい」

と、茜は言った。「私だったんです、原因は」

「というと……」

「浩一さんの、大学時代の親友が、たまたま私の編集部に出入りするようになったんです。毎号の打ち上げで飲んで帰るようになり……。彼と関係を持ってしまいました。それもちょくちょく。――浩一さんは私の浮気に気付いて、悩んでいました。私の方が収入も良くて、余裕のある生活をしていたので、言いにくかったでしょう。浩一さんが相談しようとした相手が、私の浮気相手でした。――そして、私が彼のマンションに夜遅く寄っていたとき……。浩一さんが来たんです。そこへ」

三木はじっと茜の話を聞いていた。

「まるでTVドラマの一場面でした。シャワーを浴びてバスローブ姿の妻と友人を見てしまった。――少しして、浩一さんは姿を消してしまった……」

「そうだったのか……」

忙しい仕事のストレスとプレッシャーに、思い切り解放されたい時もあっただろう。

「黙っていてすみませんでした、今まで」

「よく話してくれた」

三木は茜の手を取った。「君が自分を責める必要はないよ。人間、誰だって、いけないと分っていてもやってしまうことがある」

「でも……。あの浩一さんの姿を見て、老けてしまったけど、とても幸せそうで……。私、救われた気持になったんです。――退院したら、あのアパートを訪ねて行って、ゆっくり話そうと思います」

「うん、そうだね。良かったら、僕も一緒に行く」

「お願いします。どんな事情で、あそこで暮すようになったのか分りませんけど、浩一さんが望むなら、離婚して、自由にしてあげたいと」

「それは話してみてからにした方がいいよ。今はあんまり考え過ぎないことだ」

「そうですね……。少し眠ります」

と、茜は目を閉じた。

「それがいい。何もかも忘れて、今は休むんだ」

三木は、茜の手をそっとさすった。

眠ったように見えた茜は、また目を開けると、

「お義父さん」

と言った。

「何か欲しいものでも？」

「私が……浩一さんと別れて、娘でなくなっても、今の所に住んでいていいですか？」

思いがけない問いに、三木は面食らったが、

「当り前だ。君を追い出すとでも思ったのか？」

「だって……浩一さんの妻でなくなったら、本当なら、私……」

「何が『本当』だ？　僕らは家族だよ。そうだろう？」

「ええ……」

「僕の方こそ、君の邪魔にならないか、心配だ」

茜はちょっと笑って、また目を閉じると、そのまま眠りに落ちたようだった。

茜の病室に一時間ほどいて、三木は駆けつけて来た芝田治子と入れ替りに廊下へ出た。

心配するようなこともないというので、今日は帰ろうかと思っていると、

「三木さん」

と呼ぶ声に振り返った。

「やあ」

エレベーターから出て来たのは、石元早織と栗田純代だったのである。

「お祖父《じい》ちゃんの所へ来たんです」

と、純代が言った。「そしたら三木さんがいると聞いて」

「そうか。早織君、色々すまなかったね」

「私、本当にお世話になって」

と、純代が言った。「でも、いつまでも閉じこもっているわけにも……」

確かに、まだ加納祥子が誰に殺されたのか、はっきりしてはいないが、あの川崎刑事も今さら純代を疑ってはいないだろう。

「ずいぶん大学をサボっちゃった。取り返さないと」

と、純代は言った。「そうだ。三木さん、お祖父ちゃんを助けてくれたんですね。お礼を言わなくちゃと思ってました」

「いや、早織君たちも一緒だよ。加納さんはすっかり元気だろ?」

「ええ、びっくりした!　あんなに張り切ってるところ、久しぶりに見ました」

純代のケータイが鳴った。

「お祖父ちゃんからだ。——もしもし?」

加納が、食堂でランチを、と誘って来たのだった。

三十分後に食堂で、と約束して、純代は加納の院長室へ行った。

「——君、学校は？」

と、三木は早織に訊《き》いて、「僕が訊くことじゃなかったね」

「ね、三木さん、ちょっと話があるの」

「何だい？」

早織はいつになく難しい顔をしていた。

「それじゃ、このフロアに休憩室がある。そこに行こう」

と、三木は促した。

雑誌を読んだりしている患者が何人かいるが、ソファは空いていた。

「——昨日、あの図書館に行ったんだけど」

と、早織は言った。「読みたい本があって借りようとしたの」

「そうか」

「その本に挟まっていた栞に〈加納祥子〉って名前が書かれていたの」

「祥子さんがあの図書館に？」

「知らなかったでしょ？」

「そうだな……。あのベンチに来ていて、図書館に寄っても、おかしくはないけどね」

と、三木は言った。

そのとき、三木のケータイが鳴った。

「みなみ君だ。——もしもし」

三木は、休憩室から廊下へ出た。

「三木さん、今、新聞社の知人から聞いたんですけど」

と、みなみが言った。

「何かあったのか?」

「あの、逮捕された国井って人が、祥子さんを殺したって認めたらしいです」

三木は言葉が出なかった。

それが事実なら……。三木の心臓が鼓動を速めた。


こんな所だったろうか。

はっきりした記憶はない。——ちょっとさびれた感じの温泉旅館は、どこも似たようなものだ。

大浴場へ行こうと廊下へ出ると、底冷えがするほど寒くて、ほとんど駆け足になってしまう。

そして、この手の旅館は、後から後から継ぎ足すように作ってあるので、廊下はむやみに長く、しかも曲りくねっている。

それでも〈大浴場〉という矢印を追って行くと、何とか体が冷え切らない内に辿《たど》り着くことができた。

年の暮れで、客は多いようだったが、宴会に時間を取られるのか、男湯は四、五人しか入っていなかった。

軽く湯をかぶり、白い湯気でかすんで見える温泉に浸ると、湯の熱さが痛いように肌に刺さった。

しかし、少しするとその熱さが体にしみ込んで来る。——三木は大きく息をついた。

この温泉に、三木は公枝と茜と一緒にやって来ていた。

茜は雑誌の校了を終えて、後は新年号の発売を待つばかりだった。いつもより部数を増やして、果して売れ行きがどうか。

「心配してもしょうがないですよ」

と、茜は笑って言った。

ともかく、やれることはすべてやった。その満足感が大きかったのだろう。

三木には、その潔さが羨《うらや》ましくもあった。

部屋で三人で食事を取り、三木は一人、大浴場へやって来た。後は女同士、話したいこと、グチを言いたいこともあるだろう。

少しのんびり入っていこう。——三木は、体を洗うのも、髪を洗うのも、いつも以上にていねいにした。

その内、七、八人のグループが入って来たので、出ることにする。

体が温まっている内に、部屋へ戻った方がいい。——廊下へ出ると、

「あ、お父さん」

公枝がやって来る。「もう出たの?」

「ああ、茜さんは?」

「後から来るわ。二人でのんびり浸って来る」

「ゆっくりしろ。俺は先に寝てるよ」

「うん」

同じ部屋だが、中が分れていて、気兼ねはしなくてすむ。

廊下を行くと、小走りにやって来る茜と出会った。

「公枝さん、先に」

「うん、今会ったよ」

茜はちょっと微笑んで、

「困ったもんですね。ケータイにメールでも入ってないかって、ついチェックしちゃうんです」

「それは仕方ないさ。編集長としての責任があるんだから」

「ええ。でも……。置いてくれれば良かったって……。そしたら、きっと旅館の電話で治子ちゃんにでもかけてますね」

「明日は思い切りゆっくり寝るといい」

「そうですね。じゃ……」

茜は急ぎ足で大浴場へ向う。

三木は廊下を歩き出した。そして、足を止めた。

大浴場へ向うときには気付かなかったが、今この場所から見た廊下の、ほの暗さ、曲り具合。

その奥の壁に光っている〈非常口〉の案内。

そのすべてが、三木の記憶を呼びさました。

——見たことがある。

この光景をずっと前に。

三木は確信した。——ここへ来たのは初めてではない。


布団にあぐらをかいて、三木はポットから注いで作った日本茶を飲んだ。

布団で寝る畳の部屋と、ツインベッドの洋間とに分れていて、公枝たちはベッドを選んだので、三木は布団で寝ることにした。

公枝と茜はしばらく戻らないだろう。

三木は枕もとに置いたバッグを手に取ると、中のポケットから手紙を取り出した。

加納祥子が、バッグの奥にしまい込んでいた手紙だ。——もちろん読んだ。

辛《つら》かったが、くり返し読んだ。


「祥子……」

もう内容はすっかり憶《おぼ》えているのに、手紙を広げずにはいられなかった……。

〈三木忠志さま
この手紙をあなたに出すかどうか分りません。

もし今、あなたがこの手紙を読んでいるとしたら、私はもう生きていないかもしれない。私はこの秘密を一生自分の内にしまい込んだままでいようと思っていました。でもその一方で「聞いてもらいたい」「三木さんに知ってほしい」という願いが抑えがたく湧き上ってくるときもしばしばあったのです。

そして決心しました。あなたに出すかどうかはともかく、手紙を書こう。心の内にしまって来たことを、形にして残そう、と。

これがあなたの目に触れるかどうか分りません。もし読んでいただいたとしても、信じていただけるかどうか……。

でも、もう迷うのはやめようと思います。まず筆をとって書き始めよう。終りまで書けるかどうか、自信もありませんが……。

そのとき、私は二十六歳になっていました。自分の意志と係りのないところで進んでしまった縁談を拒むゆとりもなく、気が付くと「将来有望な医師」加納紀夫と結婚したのは二十四歳のとき。

「文句のつけようのない人」と言われ、友人たちからは羨ましがられた花嫁でした。確かに金銭的には苦労なく、家事はお手伝いさん任せ。

将来は教授夫人、おそらく院長夫人と言われ、年上の医師の奥様方からも、皮肉の一つも言われたことはありませんでした。

でも、加納との結婚生活は凍りつくような空気に満ちたものでした。私の夢見ていた結婚は幻に過ぎず。

加納は女性問題が絶えませんでした。若くて可愛い看護師や研修医との情事は数え切れず、しかもそれを少しも隠そうとしないのです。

母に相談しても、

「優秀な人はそんなものよ」

と、いつの時代の話かと耳を疑うことしか言ってくれません。

結婚して二年。加納はほぼ同時に二人の愛人を身ごもらせ、その処置は私に任されました。恥ずかしさと屈辱に、私は深く傷つきました。

でも、加納は「ご苦労さん」とのひと言で、私の気持など考えもしないのです。

絶望した私は、加納にも誰にも告げず、旅に出ました。

そのとき、私は死のうと決心していたのです。

ろくに名湯かどうかも調べずにやって来た温泉旅館。まだ女一人の客は敬遠されるような時代でしたが、何しろ「医師夫人」でしたから、旅館の方はガラッと態度を変えて、「一番広い部屋」に移してくれました。

でも、もうどうでもいいようなこと……。死んで行く者には意味のないことだったのです。

寒い日々で、雪も凍りつくような日でした。

私は「いつ、どうやって死のうか」と、それだけしか考えていませんでした……。〉

＊

二十六歳の冬、加納祥子は旅に出た。

一人で、二度と帰らないつもりの旅だったのである……。

そして辿り着いた地の果てのような温泉旅館。——と言っては失礼かもしれないが、ともかく古くなった建物、湯気が方々の天窓や戸をもろくする……。

「宴会はなかなか終らないわね」

祥子はそう呟いて、ゆっくりとしたペースで、部屋で一人、食事をとった。

「死に場所」を求めていた祥子は、料理も入浴もそこそこですませ、これ以上、望むことはなかった。

けれども、夜遅くなっても、にぎやかな宴会の騒ぎは、いつまでも続いていた。

廊下へ出ると、ひんやりとした空気……。

長い廊下を、浴衣姿の女性たちが行き来する。

祥子はゆっくりとその廊下を辿って行った。

どうやって死ぬか。

祥子は考えていなかった。いや、死ぬことなど、そう難しくないと思っていたのだ。

それにしても——。

まだ早い。こんなに人が起きて、まだ騒いでいる中では。

そう。急ぐことはない。夜がふければ人も寝静まって、誰もが廊下に姿を見せなくなる。

それからでいい。

そうなると……。仕方ない。ここまで来てしまった。もう一度、温泉に浸ろうか。部屋からタオルも何も持って来なかったが、置いてあるタオルを使えばいい……。

大浴場へは、古びた木の階段を下りて行くことになる。足下に気を付けながら一段一段下りて行くと……。

階段の途中、ちょっと幅広になった段があり、その脇に小さな戸があった。出入りできるものやら分らないような戸だったが、そこが突然ガラッと開いたのである。

祥子は思わず声を上げて立ちすくんだ。

「あ……。すみません」

舌足らずな男の声がした。

「いえ……」

祥子は胸をなで下ろした。どう見ても、大浴場から戻ろうとする男性客だ。

「ここは……階段ですか」

男は、ひどく酔っている様子だった。

「ええ、階段の途中ですよ」

と、祥子はていねいに答えた。「どちらに行かれるんですか?」

「さあ……。どちらでしょうかね……」

と、男は首を振った。

ふざけているのかと思ったが、そうでもないらしい。酔って、自分がどこへ行こうとしているのか、分らなくなったのだろう。

「大丈夫ですか?」

男の足下がふらついているので、祥子は無意識に男の腕をつかんでいた。すると、

「いいんです!」

と、男は祥子の手を振り払った。「放っといて下さい!」

祥子も腹が立った。

「失礼しました」

と言い捨てると、階段を下りて行く。

本当に、酔ってだらしなくなった男って、何てみっともないんだろう。

祥子の夫、加納紀夫も、月に二、三度は泥酔と言っていい有様で帰宅してくる。そこには「女遊び」を酒のせいにするという計算があるようにも思えた。

病院では尊敬される医師。でも、それがすべてを許す理由にはならない。

階段を下り切ろうとしたとき、背後で、ダダンという大きな音がして、びっくりして振り向くと、あの酔った男が浴衣の裾《すそ》を翻しながら階段を転り落ちて来たのだった……。

「あ……」

危い、と言いかけたものの、もろにぶつかりそうになって、祥子は反射的に傍へ身を寄せた。

男は、一番下までは落ちなかった。ちょうど祥子の目の前で、ほとんど逆さになって止ったのである。

男は呻《うめ》き声を上げて、起き上ろうと手足をバタつかせたが、頭が下を向いていては起きられるはずもない。

放っておくわけにもいかず、男のそばへかがみ込んで、上体を何とか起した。

「どうしたんだ……。何が……どうなったんだ……」

狭い階段で体の向きを上下正しく直してやるのは大変だった。

「どこか痛いですか？」

ついそう訊いていたのは、医師の妻だったからだろう。

「ああ……。あちこち……」

男は立ち上ろうとして、また大きくふらついた。

「また転びますよ！」

祥子は男の右腕を自分の肩に回して、何とか支えてやると、「部屋はどちら？　戻って休まないと」

「どうも……。部屋？　僕の部屋はどこです？」

「私が知ってるわけないじゃありませんか」

男は体重をすっかり祥子へあずけて来る。祥子の方が倒れそうになった。

「ちょっと！　しっかりして下さい！」

「もう……もう大丈夫……。放っといて……」

「階段を上りましょ。お部屋まで行かないと」

それでも、男はあちこち打ったところが痛むのか、唸《うな》り声を上げながら、一段一段、階段を上って行った。

酔った男の体重を支えて、何とか階段を上って行く内、祥子は「どうやって死のうか」と考える余裕がなくなっていた……。

「——もういいんですよ」

と、男は階段を上り切ると、「その辺に放っといて下さい……。横に……なりたい……」

「こんな廊下で。風邪ひきますよ！」

祥子の部屋はすぐそこだ。男を支えて歩くのも、もう限界だった。——仕方ない。

祥子は、自分の部屋へ男を上げると、敷いてあった布団の上に、ほとんど投げ出すように寝かせた。

ドッと疲れが出て、畳に座り込んでしまう。汗がふき出して来た。

明りを消して、小さなスタンドだけ点けて行ったので、男が布団にうつ伏せになって呻いている姿は、何だか滑稽《こっけい》で、笑ってしまいそうだった。すると男が、

「水……」

と、苦しそうに言った。「水を……くれ」

「もう……」

ため息をついたが、それでも、部屋の洗面所でコップに水を入れ、男の方へ、

「はい、お水。冷たいですよ」

と差し出す。

「やあ、どうも……」

男は何とか布団に起き上って、コップの水をガブ飲みした。しかし、こぼれた水が首から伝って、下の布団にまで――。

「布団が濡《ぬ》れてますよ！」

と、あわてて言うと、

「ああ……本当だ。これじゃ冷たいな……」

「本当にもう……。コップを。今、タオル持って来ますから」

「はあ……」

いくらか酔いが覚めかけたのか、薄暗い部屋の中をぼんやりと見回して、

「ここは……どこです？」

と、ふしぎそうに言った。

「私の部屋です。さ、これで拭《ふ》いて」

タオルで男の首筋から胸を拭いてやった。

「やあ、これは……もしかして、ご迷惑を？」

「ええ。大迷惑です」

と、祥子は言ってやった。「ご自分の部屋に……」

「すみませんね……。どうしちまったんだ、僕は……」

「酔っ払いはみんな同じようなものですよ」

と、祥子は苦笑した。

男は布団の上にあぐらをかくと、うなだれたまま、しばらく黙っていた。

その姿は、何だかひどく哀れに見えた。でも――そういつまでも座っていられては困るのだ。

「あの――」

と、口を開こうとすると、

「戻れないんです」

と、男が言った。

「――え？」

「課長に……合わせる顔がなくて……」

まだ舌足らずではあったが、言っていることは分った。

「課長さんに？　会社の旅行でいらしたのね？」

「ええ……。思い切り飲んで……その勢いで白状しようと……。でも……酔えば酔うほど自分がだめな奴だと分って来て……」

男は泣き出しそうになっていた。――冗談じゃない！　こんな所で泣かれてはたまらない。

「ともかく部屋へ戻って眠るといいわ。一晩寝たら、きっと気も楽になりますよ」

「いや……。あの課長はどんなに酔ってても、を見付けると凄《すご》く嬉《うれ》しそうで……。そういう人なんです」

男は髪をかきむしって、「どうすりゃいいんだ。怒られるだけじゃすまない」

「私に言われても……」

困惑しながら、祥子はその一方で笑い出しそうになっていた。祥子が会社勤めをしたのは、ごく短かったが、それでもこの男の言うような上司が少なくとも二人いた。

「課長なんて、そんなものですよ」

と、祥子は元気づけるように、「ともかく、部屋に戻って、もしその課長さんに会ったら、叱られる前に謝っちゃえばいいじゃないですか。――何をやったんですか？」

「海外からの書類を……どこかへやっちまったんです。大事な契約書で……」

「でも――そんなこともありますよ。人間ですもの。物を失くすことだって」

すると男は、急に思い付いたように言った。

「泊めて下さい」

「――何ですか？」

「ここで……寝かせて下さい」

「そんなこと……」

「何だか……急に眠くなったんです。なに、ほんのちょっと眠れば……」

止める間もなく、男は布団にゴロリと横になると、アッという間に寝入ってしまった。呆《あき》れながら、祥子は、今さら起しても、そう簡単には起きないだろうと思った。

「たぶん布団が……」

納戸の戸を開けると、もうひと組、布団が入っていた。

仕方なく、並べて布団を敷いた。

「そうだわ」

男をここまで連れて来るのに、ひどく汗をかいてしまった。汗を流さないと……。

眠っている男は放っておいて、祥子はもう一度大浴場へ向った。

ザッと入っただけで、大分さっぱりした気分になる。そして気が付いた。死のうという決心を、いつの間にか忘れている。

一晩寝たら……。男に言った言葉が、そのまま自分に返って来た。

眠って、明日、また考えよう。——祥子は部屋へ戻った。

もしかしたら、あの男が目を覚まして、いなくなっている——かと思ったが、男は盛大な寝息をたてて眠っていた。

温まった体で、湯冷めしない内に、布団へ潜り込む。スタンドの明りは点けたままにしておいた。

そのまま寝入ろうとしたとき、男がバッと布団に起き上ったのだ。

「どうしたんですか?」

祥子がびっくりして訊くと、

「いや……夢ですかね、これは」

と、周りを見回し、「どうして僕はここに……」

「酔ってたんですよ、凄く」

「そいつは申し訳ありません。——何してるんだ、一体……」

と、頭をかいている。

そのとき、何かふしぎな感情が祥子の内に湧き上って来た。

今、こうして男と二人でここにいる。そしてなぜかこの状況がごく当り前のように思われた……。

祥子は起き上ると、

「こっちへいらして」

と言った。

「はあ……」

「こっちの布団へ。そっちはまだ濡れたところが冷たいでしょ」

「ですが……」

「構いません。こっちへ入って下さい」

流れに身を委ねているかのようだった。ごく当り前に男を布団に入れると、寄り添って、抱いた。

戸惑いながらも、男は祥子の胸に顔を埋《うず》めた。祥子は自分で浴衣の帯を解いた。

二人はそのまま重なり合ったが――。

間近に男の顔を見たとき、祥子は息を呑んだ。

三木さんだ！　――三木さん！

＊

〈それは三木さん、あなただったのです。

高校時代、ひそかに憧れて、少しでも近付きたいと願っていた人。

それを知らずに布団へ招き入れたとき、無意識の内に、あなただと予感していたのでしょうか？

でも、私は名前を呼びませんでした。お互いが分ってしまったら、この「流れ」が途切れてしまう。それが怖かったのです。

私は夫から得られたことのない満足感を味わいました。そして裸の腕にあなたを感じて、そのまま眠りました。

翌朝、目が覚めたとき、もうあなたはいませんでした。たぶん、目が覚めて、あなたは焦って出て行ったのでしょう。

でも、私はあなたを追いかけようとは思わなかった。その一夜が、私を絶望的な人生から救ってくれたから。それで充分でした。

私は生まれ変ったような気持で、その日、我が家へ帰ったのでした。

夫は私がどこへ行っていたのか、訊こうともしませんでした。私の人生に何が起ったのか、全く気付いていなかったのです。

そして、このことをあなたに報告しておかなくてはなりません。あなたと過した一夜で、私は身ごもったのです。

あなたの子であることは間違いありません。でも、夫は自分の子だと思い込んでいました。

夫はしばしば酔って帰って、私を抱くことがあったからです。でも、途中で眠り込んでしまうのが常でした。

ですから、私の娘、栄江は、三木さん、あなたの子なのです。このことを、私はあなたにはっきり言っておこうと思って、この手紙を書きました。

これをあなた宛てに出したものか、まだ迷っています。でも、いつでも投函《とうかん》できるようにしておくことで、今は満足です。

三木さん。もしこれを読んでくれていたら、あの一夜を思い出してもらえたでしょうか。

もちろん忘れてもらっていても、少しも構いません。あなたの人生に波風を立てたいとは思っていないのです。

ただ、私があなたに救われたこと、あなたとの間に生まれた娘が、私の生きる支えになってくれたことを、知ってほしかったのです。

こんな年齢になって、私はまたあなたに会いたいと思うようになりました。

このところ、私は自分の体調に不安があり、この先、長くない予感があります。事実を知るのは怖いのですが、その結果によっても、どうすべきか考えなければ、とも思っています。

三木さん、改めてあなたに感謝の思いを伝えたい。

私の幸福であったあなた。

もし、どこかで偶然にでも会うことがあったら……。

遠い昔の〈仁科祥子〉を思い出して下さい。

祥子〉

「祥子……」

と、三木は呟いた。

最初にこの手紙を読んだとき、三木には驚くことばかりだった。漠然とした記憶はあったものの、それは現実だったのか、夢だったのか、どっちとも分らないくらいだった。

しかし——くり返し、この手紙を読む内に、記憶は少しずつヴェールがはがれるように、よみがえって来た。

あの会社の慰安旅行の一夜で起きたことが、次第にピントが合うように思い出されて来た。

それは——おそらく今泊っている、この旅館だったろう。まだ若かった下っ端社員の身で、酔い潰《つぶ》れていた夜……。

今思い出しても苦笑するしかない、子供じみた悩み。死んでお詫《わ》びしようかとまで思い詰めたこと……。

「――課長」

決死の覚悟で、朝、旅館をバスで発つ直前、三木は告白した。「申し訳ありません！」

二日酔の課長は、何だかボーッとして、三木の告白を聞いていたが――。

「契約書？　そんなものあったか？」

と、首をひねって、しばし、「――ああ、あれか。あんな話、あてにならん。初めから断られるのを承知で持ちかけて来てるんだ。放っとけばいい」

と欠伸《あくび》しながら言うと、

「よく憶えてたな」

とまで言って、バスへと乗り込んだのだった。

三木は呆然《ぼうぜん》として、危うくバスに乗り遅れるところだった。

まだ青二才とでも言うべき社員に、そんな大切な書類を預けるものか。課長のその場の気まぐれに過ぎなかったと知って、こんなことが、勤め人の世界にはあるのだと学んだ。

三木は、一夜を共にした女性のことを、走り出したバスの中で、もうぼんやりとしか思い出すことができなかった……。


――明るい笑い声が、三木を七十歳の現実に引き戻した。

「楽しかった！」

と、部屋へ入って来て公枝が言った。

「いい湯だったかい?」

三木は手紙を懐へ入れると、「湯冷めしないようにな」

「うん、大丈夫。充分温まったわ。ねえ、茜さん」

「ふやけそうになるくらいね」

と、茜が言って、タオルを掛ける。「お義父さん、先にやすんでらっしゃるのかと……」

「年寄はそう眠れないんだよ」

と、三木は言った。「しかし、そろそろ寝ようと思ってたところだ」

「どうぞ。静かにしてますわ」

「君たちのおしゃべりくらい、平気だよ。すぐに寝つける」

「お元気な証拠ですよ。ね、公枝さん、話してたのよね。お義父さん、本当に若いって」

「ええ。七十には見えないわ。せいぜい六十九ね」

そう言って公枝は女学生みたいに笑った。

夫の工藤のことも、すっかりふっ切れた様子だった。——本当の姉のような茜がいてくれることが、公枝を支えているのだろう。

「——先にやすむよ。おやすみ」

三木は布団へ潜り込んだ。

女同士の夜はまだ終らないようだ、と思いつつ、三木はじきに眠ってしまった……。

23　引出し

「あら」

受付で顔を上げると、柏木紀子が微笑んで、「いらっしゃい」

と言った。

「こんにちは」

図書館に入って来たのは、石元早織だった。

「ここのところ、三木さん、みえてないわね」

と、柏木紀子はメガネを直して言った。

「温泉に行ってたんですよ、娘さんたちと」

と、早織は言った。「旅館からメールが来てました」

「ああ、そうだったの」

「でも、ゆうべ帰って来たはずだから、今日はたぶんここに」

「ちょうど良かった。三木さんの好きな雑誌の新しい号が入ったところよ」

「そうですか。私も読みかけの小説があるんで」

「今日は静かよ。ゆっくりして行って」

「ありがとう」

早織は、よく三木と一緒に座るテーブルで、椅子に鞄《かばん》を置くと、本棚の間をぶらついた。

〈早織君。今度の旅は、のんびりした息抜きに、都会を離れただけでなく、いわば「時間の流れ」をさかのぼった旅にもなった。またいずれ会ったときに話せるだろうが、今すぐは無理かもしれない。七十年の人生は、たくさんの恥やつまずきを抱えているものだからね……〉

三木が旅先から送って来たメールは、自分の深いところで、何かを発見したらしいことを感じさせた。

もちろん〈七十年の人生〉から見れば、早織の〈十六年の人生〉など、話の種にもならないかもしれない。

でも——と早織は思うのだ——十六年には十六年なりの〈人生〉があり、悩みも喜びもある、ということ。そして三木に、ちゃんとそのことが分っていて、早織を対等な人間として扱ってくれていることも……。

三木の言うように、老いには老いの恥があり、若さには若さの恥がある。

「——はいはい、ちょっと待って下さいね」

と、声がして、柏木紀子が席を立って、せかせかとやって来る。

「捜しものですか」

と、早織が訊くと、

「電話でね。『この詩って、ホイットマンでしたっけ』って訊《き》いてきたの」

「自分で調べに来ればいいのに」

「いいのよ。こっちも少し席を立った方がね」

と、微笑んで見せて、「ホイットマンの詩集って、この辺だったかしら」

「あ、そこの棚の上の方ですよ」

と、早織は指さして、「少し高いですね。取りましょうか」

「いいえ、大丈夫」

大規模な書庫と違って、天井まで届くような高い棚ではないので、スライド式の梯子《はしご》などは付いていない。それでも一番上の棚だと、小柄な紀子には届かない。

「よいしょ」

隅に置かれていた脚立を持ってくる。二、三段上れば、充分手が届くのだ。

「ええと……これね」

脚立に上って、その本に手をかけた、そのとき、突然紀子の体は後ろ向きに真直ぐの姿勢のまま倒れた。

少し離れて、手に取った本を眺めていた早織は、「あ……」という息が抜けるような奇妙な声に振り向いて、ゆっくりと倒れる紀子の姿を、現実なのか信じられない思いで見ていた。

紀子の体は、後ろの書棚にぶつかって、何冊かの本を叩き落としながら床に打ちつけられた。

「柏木さん！」

手にした本を放り出し、早織は紀子の方へ駆け寄った。——紀子は床にねじれたような体勢で倒れていた。

「どうした！」

と、声がした。

「三木さん！　今、柏木さん、脚立から落ちて――」

三木がちょうど図書館へ入って来たところだったのだ。

「柏木さん！　聞こえるか！」

三木は呼んだが、「意識がない。救急車を呼ぼう」

「私、かけます」

早織は受付へと駆けて行った。

受付の電話は待機状態になっていたので早織は、

「改めて電話します！」

と言って切ると、すぐに救急車を呼んだ。

倒れている紀子の所へ戻ると、三木へ、

「今すぐ来るよ」

と言った。「どう、具合は？」

「脈はあるが、意識を失ってる。下手に動かさない方がいいだろう」

「急に倒れたんだよ。意識を失ってから倒れたんだと思う。どこかにぶつけて意識を失ったんじゃなくて」

「すると何かの発作かな。――早織君、彼女のバッグとか、机の引出しを見てくれないか。もしかすると、何か薬を持って歩いてるかもしれない」

「分った」

早織は受付の机へ駆け戻ると、引出しを開けて、中を覗《のぞ》いた。そして、机の下に入れてあった、大きめの革のバッグを取り出すと、

「柏木さん、ごめんね」

と、小声で言ってバッグの口を開けた。

のどアメや化粧水の小びんなどは入っていたが、薬といえそうな物は見当らない。

「だめか……」

引出しをザッとしか見ていなかったので、もう一度一つずつ開けて、中を探した。

一番下の深い引出しを開けると、いくつか仕切りがあって、ケータイの充電器などが入っていた。早織はさらに一杯に引出しを引張り出してみた。

七、八分で救急車がやって来た。
三木が表に駆けて行って、

「この中です！」

と、声をかけた。

すぐに紀子が運ばれて行く。

「僕が一緒に行く」

と、三木が早織に言った。

「図書館にみえるお客の対応、どうする？」

「しばらくここにいてくれるか。休館にして、やって来た人には説明してあげてくれ。頼む

よ」

「分ったわ。――様子を知らせて」

「うん。連絡する」

三木は急いで救急車に乗り込んで行く。

早織は、救急車がサイレンを鳴らしながら走り去るのを、しばらく見送っていた……。


三木が図書館に戻って来たのは、もう辺りが薄暗くなりかけたころだった。

「――やあ、ご苦労さま」

三木は図書館へ入ってくると、「柏木さんは一応病状が安定しているということだったから、明日また行ってみるよ」

「それで――」

「うん、脳で出血したということだ。でも命にかかわるほどひどくはないらしい」

「良かったわ」

と、早織は言った。「意識は戻った?」

「いや、ときどき何かしゃべろうとするんだが、言葉がはっきり聞き取れないんだ。ともかく今は眠ってる。明日、詳しい検査をして、必要なら手術ということになりそうだ」

「ご家族とかは――」

「それがよく分らないんだ。彼女のケータイは……」

「ここにあるわ」

早織は受付の机にバッグを置いて、ケータイを取り出した。

「ここは一応市役所が管理してるはずだから、係の人が連絡先を知ってるだろう」

「引出しに、事務所の人の名刺が入ってたから、連絡して事情を説明したわ」

「そうか、向うは何と?」

「代りに行く人手がないので、一旦《いったん》〈休館〉にするって。明日、朝にここへ誰か来るそうよ」

「君はよく気が付くな。――しかし、柏木さんが入院している間、ここをずっと閉めるというのは、利用してる人にとっては……」

「三木さん、市役所の人と相談してくれる? 私じゃちょっとね」

「ああ、そうだね。分った。明日九時前にここへ来て、待っていよう」

「それと……」

と言いかけて、早織は口をつぐんだ。

「――どうした?」

早織は受付の内側へ入って行くと、「柏木さんの薬がないか、探したでしょ? 私、引出しも一つ一つ調べたの」

「あのね……」

早織はしゃがみ込んで、

「一番下の引出しは、他のより深くて、仕切りがあるから、一杯に引出してみた。そしたら……」

三木は引出しの奥を覗き込んだ。早織は、

「ほら、引出しの向うに何かあるでしょ？　布にくるんで」

「そうだな。取り出してみた？」

「うん。——後で元に戻したけど」

早織はその布でくるんだ物を取り出すと、三木に渡した。

「中を見て」

と、早織は言った。

三木はその包みを机の上に置くと、そっと布を開いた。

——しばらく、三木も早織も無言だった。

それは刃渡り十センチほどのナイフだった。しかも——銀色の刃は黒ずんだ色——明らかに血の色で汚れていた。


「どういうことだ」

三木は、やっと息を吐き出すと言った。

「このナイフはたぶん……」

「おそらく……加納祥子さんを刺したナイフだろう。しかし、どうしてそれがここにあるんだ？」

「分らないけど……。まさか本当は柏木さんが？」

「もしそうだとしたら、ナイフをこんな所にしまっておかないだろう。当然——」

「処分するよね」

と、早織が言った。「私、柏木さんがやったとは思えない。何か理由があって、ナイフを拾ったか……」

「それは僕も同感だ。彼女にじかに訊くしかないだろうな」

「でも、今は話ができないんでしょ?」

「明日、病院へ行ってみるよ。もし話せれば訊いてみるが、手術となったら、そんな話はできないだろう」

「それまで、これは三木さんが持っていてくれる?」

「そうだな」

と言い直した。

「気が進まなけりゃ、私、持ってるけど」

「いや、そこまで君を巻き込むわけには――」

と言いかけて、三木は、「充分、巻き込んでるかな」

三木茜は、遅刻して教室へ入って行く小学生のように、ドキドキして、顔を上げて歩けなかった。

おかげで、地下鉄の駅から地上に出るまでに四人もの人にぶつかった。

足が止る。――〈書店〉の文字は、いつも茜をやさしく迎えて、いやしてくれるのに、今日に限っては、鋭い歯で茜をかみ殺しそうだった。

でも、いつまでも歩道で立ち止ってはいられなかった。せかせかと出勤していくサラリーマンに突き当たられてしまうからだ。

意を決して――というわりには、こわごわと、茜は〈書店〉の中へ入って行った。

「いらっしゃいませ」

と、明るい声が迎えてくれる。

それすらも、電気ショックに似て、茜の勇気をくじくのだった。

「やあ、三木さん」

この〈書店〉の顔見知りの店員が、いつに変らぬ様子で、「珍しいね、こんなに早く」

「おはようございます」

と、茜はていねいに言って、「隠してもしょうがない。新年号の売れ行きを見に来たんです」

「ああ、あれね」

と、店員は肯《うなず》いて、「まあまあだね」

「そう……ですか」

茜は引きつった笑顔で言った。

店員がふき出して、

「何て顔してるんだ！　さ、入って」

「失礼します」

雑誌コーナーに入ると、

「いや、立派なもんだ」

と、店員が言った。「売れ行きは他誌を圧倒してる。沢山仕入れて良かったけど、どうだい？　早めにこの店に追加してよ」

「え……」

茜は体がこわばって、「それって……エイプリルフール？」

「今日は四月一日じゃないだろ」

と笑って、「本当に、よその倍は売れてるね。特集もいいし、表紙もきれいだよ」

「ありがとう！」

茜は急に全身の力が抜けて、フラッとしてしまった。

「おい！　大丈夫かい？」

「何とか……。クビがつながりました」

と、茜は言った。

すると、茜のすぐそばから手が出て、〈J〉の一冊を手に取る。

「ありがとうございます！」

と、つい口に出して、「治子ちゃんじゃないの」

編集部の芝田治子だった。

「編集長、見に来たんですか？」

「ええ。わざわざ買ってるの？」

「もちろんです！　百冊買ってご近所に配ろうかと」

「そんなこと……。ご苦労様だったわね。でも、しっかり結果が出てくれたら嬉《うれ》しい」

茜はそう言って、治子が〈J〉を買うのを眺めていた。

「すぐ追加で入れるようにします」

と、茜は店員に言った。「どうぞよろしく」

治子と二人で〈書店〉を出ると、近くのコーヒーショップに入った。

「局長は渋い顔してるかもしれませんね」

と、治子が言った。

「次の号、その次の号って、続くのよ。喜んでばっかりいられないわ」

茜はケータイを取り出し、「お義父《とう》さんに知らせなくちゃ」

と、メールを送った。

治子はコーヒーを飲みながら、

「茜さん、色々大変だったんでしょ?」

と言った。

「ええ。忙しいときに限って、色んなことが同時に起るものよ」

茜はそう言って、「すぐ返信が来たわ。〈おめでとう。君を誇りに思う〉ですって」

「いい人ですね。お義父様」

「ええ、本当に。——心から信頼できる人がいるって幸せだわ」

茜はそう言うと、ちょっと照れたように笑った……。

24　対話

どこに行くのか。

三木には、聞かなくても分った。茜の表情は明るく、ためらいもない。

「情ないですね」

と、しっかりした足取りで歩きながら、茜は言った。「新年号の売れ行きを確かめてから、こんな大事なことを決めようとするなんて。編集者の性《さが》なんて、信じてなかったけど、やっぱり私も……」

「人間、新しく踏み出そうとするときは、何かきっかけが必要だよ」

と、三木は言った。

「ええ。ほんの小さなきっかけですけど……。もうすぐですね」

風は冷たいが、よく晴れて、陽の当る所では暖かかった。

「日曜日だ。ゆっくり寝てるかもしれない」

と、三木は言ったが、すぐに気付いて、「そうか。赤ちゃんがいるんじゃ、日曜も平日もないだろうな」

「あの人、寝起きの悪い人でしたけど」

そのアパートの前に立って、茜はちょっと息をつくと、玄関のチャイムを鳴らした。

中から、赤ん坊の泣き声が聞こえてくる。

「――はい、ちょっと待って下さい」

と、女性の声がした。

ガタガタと、何かを片付ける音がして、やっと鍵《かぎ》がカチャッと鳴った。

ドアが開くと、浩一の顔があった。

「あの――」

「あなた」

と、茜が言って、その後ろから三木は顔を出して、

「やあ」

と、笑顔で言った。「久しぶりだな」

浩一は、ポカンとして二人を見ていたが、中から、

「どなた?」

と、女性の声がして、我に返った様子。

「ああ……。親父と……妻だ」

茜がそれを聞いて、ちょっと笑うと、

「そんな情ない声、出さないで」

と言った。「長くはお邪魔しないわ」

茜と三木は、二間のアパートに上った。

「浩一の父です」

と、赤ん坊を抱いた女性に挨拶《あいさつ》して、三木は、「たまたま、スーパーで買物してるのを見かけたんだ」

と、息子へと言った。

「山内みどりです」

と、畳に座って、「すみません、座布団もなくて」

「いいんですよ」

と、茜が言った。「――女の子？」

「うん。小百合《さゆり》っていうんだ」

と、浩一が言った。

「良かったわね。女の子、欲しがってたものね、あなた」

「茜――」

「あなた、少し老けたけど、とてもいい顔をしてるわ」

「そう……かな」

「眠そうだけど、疲れた感じがしない。――みどりさんでしたか。この人が元気でいるのを確かめたかったんです」

「あの……」

「浩一、仕事はどうしてるんだ？」

と、三木が訊《き》いた。

「うん。一応、大学時代の友人の世話で、正規の社員になってる」

「そうか。それなら良かった」

と、三木は肯《うなず》いた。

少し間があった。みどりが、

「お茶ぐらいは。――あなた、この子を」

「うん。抱っこしてるよ」

みどりがお茶をいれるのを、三木たちは待っていた。それくらいの時間が必要だと思ったのだ。

「――どうぞ。ティーバッグのお茶ですけど」

と、みどりが二人にお茶を出す。

「新年号、見たよ。力入ってるじゃないか」

「まあ、買ってくれたの？」

「いや、立ち読みしただけだ」

「ありがとう、見てくれて。クビがかかっててね。一応好調に売れてる」

と、茜は言った。

「大変だな。相変らず毎日遅いのか」

「お義父《とう》さんに助けていただいてるわ」

そう言ってから、茜は続けて、「今度、離婚届を持って来るわ。その後、ちゃんと入籍して」

「茜……」

「みどりさんも、それでいいんですよね？　じゃ、そういうことにしましょ」

「浩一、俺も色々大変だったんだ。つくづく、人生は何が起るか分らないもんだと思ったよ。ともかく、元気で生きてることが大切だ」

三木はそう言うと、「一度、遊びに来い。俺の大冒険を話してやる」

二人はお茶を手早く飲むと、浩一たちのアパートを出た。

浩一と、赤ん坊を抱いたみどりが玄関から表に出て、ずっと見送っていた。

「ああ……」

茜が伸びをして、「何だか、体が軽くなったみたい」

「そうだな。僕もだ」

「何だか……もう少しドラマチックになるかと思ってましたけど」

「ドラマチックは、こっちの事件だけで充分だろ」

三木の言葉には実感がこもっていた。

そこへ、三木のケータイにメールが着信した。それを見て、三木は足を止めた。

「――どうかしたんですか？」

と、茜が訊く。

「図書館の柏木さんの意識が戻ったそうだ」

「あのナイフを持ってらしたという……」

「行って話を聞かなくては。茜君は――」

「もちろん、一緒に行きます」

と、茜は即座に言った。

病院には石元早織が待っていた。

「早いね！　君も連絡をもらったの？」

と、三木が訊く。

「ええ。ナースステーションの人たちに、何かあったら教えて下さい、って頼んでおいたんです」

「なるほど、さすがだ」

「ともかく病室へ伺いましょう」

と、早織が促した。

どう話を切り出そうか、と考えながら、病室の奥のベッドに横たわっている柏木紀子のそばへやって来た三木は、一瞬立ちすくんでしまった。

そこに寝ているのは、柏木紀子に違いなかったが、しかし三木の知っている柏木紀子ではなかった。

早織が、三木の腕をつかんだ。――三木は、早織も同じように感じているのだと分った。

まだ四十そこそこのはずの紀子は、突然十歳以上も年齢《とし》を取ったように見えた。いつもの、明るく好奇心一杯の彼女は、どこにもいなかった。

そしてその白い腕に刺された針と、静かに落ちて行く点滴の管が、紀子の生気を奪っているかに見えた……。

この病人に、「あのナイフはどうしたんだ」などと問い詰めることができるだろうか。そうしなければならないと分っていても、ためらわずにはいられなかった。そして――。

人の気配を感じたのだろうか。紀子がゆっくりと目を開いた。そして、自分がどこにいるのか戸惑っているように、ちょっと眉《まゆ》をひそめて、小さく左右に頭を動かした。

「――三木さん」

かすれた声が洩《も》れた。

「どんな具合かと思ってね」

と、三木は言った。「気分はどう？」

そんな言葉しか出て来ない。

「何だか……どこか遠くへ行ってたみたいですよ……」

「急に倒れたので、びっくりして」

と、早織が言った。「三木さんが救急車に乗って、この病院へ」

「すみませんね、お手数を」

と言ってから、「図書館はどうなってるかしら」

と、気付いた様子で言った。

「市役所に連絡しました。後はちゃんと市役所の人がやってくれるそうです」

「良かった」

と、紀子は息をついて、「あなたが手配してくれたの？」

「この子はしっかりしてるからね」

と、三木が言った。

「本当に。——ありがとう」

「いえ。そんな……」

「かかってた電話……」

「改めて連絡すると言ってあります。大丈夫ですよ」

そんな細かいことを憶《おぼ》えているのだ。三木はためらった。

今、そんな話をしては——。

すると、紀子がじっと三木を見て、

「お会いできて良かった」

と言った。「このまま死んでしまったらどうしよう、って思ってたんです」

「そんなことを——」

「いえ、お話ししなければ。私、本当にいつどうなるか分らないんです。お医者さんはそう言いませんけど、分るんです」

「柏木さん……」

「お話ししなくては……。三木さん。あのベンチで亡くなった、加納さんという方……」

「うん。僕の古い知り合いだった」

紀子は深く息をついて、

「あの人を死なせたのは、私です」

と言った。「でも——殺したんじゃありません。本当です」

「あなたが殺したなんて思っていないよ」

と、三木は言った。「ただ——引出しの奥にナイフが……」

「見付けたんですね。いつか、お話ししなければと……。良かった、今日来て下さって……」

「何かあったんだね？　もし元気があるなら、話してほしい」

「ええ」

と、小さく肯いて、紀子は言った。「あの朝、私は……」


その朝、柏木紀子はいつになく早く図書館へと向っていた。

「本当に……うっかりしてるんだから……」

と呟《つぶや》きながら急いでいたのは、今日の昼ごろに、図書の分類変更の点検があることを忘れていたのだ。

いや、一週間先だと勘違いしていたのである。——何時間もかかる仕事なので、こんな早朝に出て来たのだった。

すると、向うから若い男が息を切らしながら走って来るのが見えた——と思うと、紀子に突き当りそうになって、

「どけ！」

と怒鳴ると、駆けて行った。

「何よ、あれ」

と、腹が立ったが、しかしあの様子はただごとじゃないと思った。

一体どうしたというのだろう？

先を急いで、紀子は図書館の前まで来た。しかし——何か気がかりなことがあって、その足を止めていた。

今しがた走って行った男。あの必死の形相と走り方は、まともじゃなかった。

仕事よ。急ぐのよ。

そう自分に向って言いながら、「ほんの五分だけ」時間を使おうという気持になっていた。

図書館の前をそのまま通り過ぎて、先へと向った。——そしてじきにそれは目に入った。

あれは……。加納さんかしら？

一度憶えれば、まず見間違えることはない。そう。あれは加納祥子さんだわ。

こんな朝早くに、ベンチにかけて何をしているんだろう？

紀子は、彼女の傍に荷物が置いてあるのを見た。まさか、あの人がホームレス？

近寄って、さりげなく声をかけた。特に心配していたわけではない。ただ、ごく当り前に
「——加納さん」

——。

しかし、紀子の目は、加納祥子の胸に釘づけになった。あれは？　あれは何？

いくら目をこらしても、それは彼女の胸に深々と刺さったナイフにしか見えなかった。

胸から突き出ている柄。刃はほとんど根元まで、その胸に呑《の》み込まれている。

これって……。これって、どういうこと？

呆然《ぼうぜん》と立ち尽くしている紀子の気配に気付いたらしく、加納祥子は目を開いて、ゆっくりと

紀子の方へ頭をめぐらせた。

「あなた……図書館の……」

と、弱々しい声が洩れる。

「加納さん！　こんなこと……。今すぐ救急車を呼びますね！」

やっと我に返って、バッグからケータイを取り出そうとする。しかし、加納祥子は、少し強い口調で言った。

「やめて。――お願い、やめてちょうだい」

「え……。でも、そんな傷で――」

「もういいの」

と、祥子は息を吐きながら、「もう助からない。それは分ってるから」

「だけど……」

「お願い」

と、祥子は言った。「胸のナイフを抜いて」

「え？」

「自分ではとても……抜く力がない……。お願い、ナイフを抜いて」

祥子はくり返すと、「刺さったままなので……出血が少しずつで……苦しいの。刃が抜けたら、大量に一気に出血して、楽になれるの。だから……」

「そんな……それって……死ぬってことでしょ？　私、そんなこと……」

「お願い。これ以上、苦痛を長引かせないで。私を……楽にしてちょうだい」

「加納さん……。ひどいわ。私にそんなことをさせるなんて……」

「ああ、苦しい……。お願い。ナイフを抜いて」

祥子の顔が苦痛に歪む。——紀子は、震える手を伸して、ナイフの柄をつかんだ。

「ありがとう」

と言って祥子は微笑んだ。

紀子は目をつぶった。目をつぶって——。


「——ナイフを抜くと、ほんの二、三秒で、加納さんが目を閉じて、体の力が抜け……。亡くなったことが分りました」

と、紀子は言った。「ですから……私が加納さんを死なせたんです」

三木は少し間を置いて、ゆっくり肯くと、

「そうだったのか」

と、呟くように言った。

「私、しばらくナイフを持ったまま、そこでぼんやり立ってたんですけど、団地の方から、誰か自転車でやって来る人があって、あわててバッグの中にナイフをしまったんです。そして、そのまま図書館に……」

紀子は息をついて、「ナイフを捨てることもできず、机の奥にしまい込んだんです」

そして、天井を見上げて、

「あの後、図書館の仕事に追われている内、あれが本当にあったことなのか、分らなくなって来たんです。それで、いつもより少しはしゃいでみたりして……。すみませんでした、三木さん」

「とんでもない」

三木は、きっぱりと言った。「あなたにはお礼を言わなくては。祥子さんも苦しみを長引かされなくて、感謝したでしょう。——しかし、ずっと秘密にしているのは辛《つら》かっただろうね。何も知らずにいた。許して下さい」

「三木さん、そう言っていただくと……」

紀子は涙を拭《ぬぐ》った。

「後のことは任せて。ナイフは僕が預かっておくよ」

「どうかよろしく」

「ありがとう。改めて礼を言うよ。——ともかく養生して、元気になって下さい。あの図書館にはあなたが必要だ」

三木が紀子の手を取る。紀子も精一杯の力で握って来た。


柏木紀子の病室を出ると、三木たちは病院の中のティールームに入った。

三木は無口になって、どう見てもインスタントとしか思えないコーヒーを飲んでいた。

紀子と三木の話の間、黙って聞いていた茜は、

「何を考えてるんですか?」

と、三木に訊いた。

「うん？　ああ……。彼女の話でね……」

「柏木さんの話だと、祥子さんを刺したのは、あの国井って男じゃないみたいね」

と、早織が言った。

「確かにね。——ナイフをあの川崎って刑事に渡して、柏木紀子さんの話を伝えなくては」

「でも、柏木さん、重態でしょ。今すぐでなくても」

「いや、国井が祥子さんを殺したというのは、おそらく刑事たちの厳しい訊問《じんもん》で、もうどうでもいいと思って認めてしまったんだと思うんだ」

と、三木は言った。「そうなると、本当の犯人はまだ野放しになっている。また何か犯行をくり返すかもしれない。それを防ぐには、やはり警察に話さなくては」

「そうですね」

と、茜は肯いた。「でも一体誰がやったんでしょう？」

「見当もつかないがね。しかし——僕が今、考えていたのは、祥子さんが、そんな苦しい状況で亡くなったことだ。それも僕の住まいのすぐ近くで……」

三木は目を伏せた。早織が、

「知らなかったんだもの……」

と言いかけてやめた。

あまりに当然のことなので、口にしてはいけないと思ったのだろう。

——三人は病院から出た。

「私、編集部に顔を出して来ます」

と、茜が言った。「いつでも、誰か出ているので」

「ご苦労様」

と、三木は言った。

「遅くなるようなら、電話します」

と言って、茜は駅に向って歩き出した。

その間に、早織はケータイに着信があって、少し離れて出ていたが、

「——わざわざどうも」

と、通話を切って、「——三木さん」

「何だい?」

「病院から……。柏木さんが亡くなったって」

人が大勢行き交う道で、三木と早織はしばし立ち尽くしていた。

エピローグ

図書館に入ろうとして、三木は足を止めた。

すぐそばに停っていた車から降り立ったのは、川崎刑事だった。

「ちょうどみえるころかと思ってね」

と、川崎は言った。

「ずっと待ってたんですか？」

と、三木が訊《き》くと、川崎はちょっと笑って、

「いや、図書館の中で待とうかと思ったんですが、新しい受付の女性が怖い目でにらむんでね。車で待つことにしたんですよ」

「僕に何かお話が？」

「加納祥子さんを殺した人間を逮捕しました」

と、川崎はあっさりと言った。「まだ十八歳の高校生でね。ゆうべ、親に付き添われて自首して来たんです」

「十八歳？」

「あなたから聞いた、柏木さんの話でね、あの朝、散歩していた年寄に突然殴りかかってけがをさせた男の子がいたことを思い出したんです。じかに見てはいませんが、何しろやたら気が立っていて、普通じゃなかったと。――もし、加納さんを刺して逃げて来たのなら、荒れていて当然だし。その家に電話して、話を聞きたいと言ったんです。それで両親が息子と話して……」

「自首して来たんですね。どうして彼女を刺したんですか？」

「夜遊びのグループから『追放』されて、苛々《いらいら》していたんですね。ベンチでのんびり座ってる――そう見えたんでしょう。持ってたナイフで脅してやろうとしたそうです。もちろん金目当てじゃなかった。親からこづかいはちゃんともらっていたそうですからね」

「じゃ、苛々してたというだけで……」

「ナイフを突きつけても、怖がるでもなく、『あなた、自分の手を切るわよ』と言われてカッとしたそうです」

「それは……きっと彼女は、からかったわけじゃなくて、本当に心配して言ったんですよ。そういう人でしたからね」

「ともかく、そんなことで……。あなたの話のおかげで犯人が分ったわけですから、直接お知らせしようと思いましてね」

と、川崎は穏やかな表情で、「国井も、あのマンションの受付の子を殺したのは確かなので、起訴することに」

「あの北畑君ですね。高木院長の指示だったんですか？」

「高木が、加納医師のことをライバル視していたのはご存じでしょう。受付の子が、加納医師のことをあれこれ国井に訊かれて怪しんだようです。しかし、どうってことじゃなかったと思うのですがね」

「奪われた命は戻って来ません」

と、三木は言った。「わざわざ知らせてくれて、ありがとう」

「では」

と、軽く会釈して、川崎は車で去って行った。

「――祥子さん」

と、三木は呟《つぶや》いた。「この図書館で会いたかったよ……」

――図書館へ入って、いつもの席に本を手に座ると、すぐに隣の席に来た人がいる。

「やあ、これは……」

と、三木はちょっと驚いた。

早織の祖父、石元歓だったのである。

「色々ご厄介になって……」

と、三木が言うと、

「こちらこそ。孫は学校に行っているのです」

と、石元は言った。「三木さんのおかげで、色んな人間と係るのが面白くなった、と言いましてね。ひと言、お礼を申し上げたくて」

「いや、僕こそ早織君に教えられることがいくらもありましたよ。早織君のような子が、世の中を変えていくのでしょうね。しかし、それを見届けるまで生きていられるかどうか……」

石元は微笑んで、

「まだまだ、我々を必要としてくれる世代がいますよ。――またぜひ遊びにいらして下さい」

と言うと、立ち上って、一礼すると静かに出て行った。

やっぱり、どこか現実離れした人だ……。

――いや、そんなことを言ってはいられないのだ。三木を待っているのは、もっと現実的な問題である。

年が明けて、三木と茜に、娘の公枝も加わった三人の暮しも大分落ちついては来ていた。しかし、この先、公枝が工藤と別れてシングルマザーになれば、三木には「おじいちゃん」の仕事が待っている。

「お父さんには負担かけないから」

などと公枝は言っているが、あてにならないことは目に見えている。

孫のお守りか。やれやれ、と思いながら、それも楽しいかもしれないとひそかに考えている自分がいた。

そして――もちろん忘れてはいない。

祥子の娘、栄江と孫の純代。

祥子の死という悲劇で始まった波乱の日々は、今、扇のように未来へと広がって行く。

七十歳は若くはない。しかし、まだ何年かは先があるだろう。

――三木は分厚いドイツ文学の翻訳本を開いて、これを読み終えてから、あと何冊読めるだろうか、と思った。

「今の内に読んどかないと、読書どころじゃなくなるな」

と呟くと、三木は椅子に座り直して、本のページをめくった。

初出
「小説 野性時代」
二〇二一年十月号〜
二〇二三年八月号

この物語はフィクションであり、
実在の個人、団体とは
一切関係ありません。

赤川次郎（あかがわ　じろう）
1948年、福岡県生まれ。76年「幽霊列車」で第15回オール讀物推理小説新人賞を受賞しデビュー。作品が映画化されるなど、続々とベストセラーを刊行。『セーラー服と機関銃』『ふたり』『怪談人恋坂』、「三毛猫ホームズ」シリーズ、「花嫁」シリーズなど、著作は600冊以上にも及ぶ。2005年秋に、角川文庫の赤川作品の総部数が１億冊を突破。06年、第９回日本ミステリー文学大賞、16年『東京零年』で第50回吉川英治文学賞を受賞。

余白《よはく》の迷路《めいろ》

2023年12月19日　初版発行

著者／赤川次郎《あかがわじろう》

発行者／山下直久

発行／株式会社KADOKAWA
〒102-8177　東京都千代田区富士見2-13-3
電話　0570-002-301(ナビダイヤル)

印刷所／大日本印刷株式会社

製本所／本間製本株式会社

●お問い合わせ
https://www.kadokawa.co.jp/（「お問い合わせ」へお進みください）
※内容によっては、お答えできない場合があります。
※サポートは日本国内のみとさせていただきます。
※Japanese text only

定価はカバーに表示してあります。

ISBN 978-4-04-112155-9　C0093